U0606556

語可書坊

作家文摘　语之可　第六辑（16-18）

顾　问（以姓氏笔画为序）

冯骥才　孙　郁　张　炜　梁　衡
梁晓声　韩少功　熊召政

主　编　孔　平　　　　　副主编　魏　蔚
编　辑　裴　岚　之　语
设　计　于文妍　之　可

语之可 17

Proper words

我是人间惆怅客

作家出版社

目 录

汤显祖这个人：必也狂狷乎？

郑培凯

汤显祖在官场上的坎坷，与他本人的性格狷介有关，更与他性格中永葆艺术想象的天真有关。为了维护自身秉性的纯净，他以自己的身家性命来抗拒俗世的污秽。

一

众所周知，汤显祖（1550－1616）是明代大戏剧家、大文学家，创作了大量的诗文与剧本，受到后世的景仰，对中国文化有着深远的影响。《明史·汤显祖传》对汤显祖这个人初登历史舞台，有非常简短的描述："汤显祖，字若士，临川人。少善属文，有时名。张居正欲其子及第，罗海内名士以张之。闻显祖及沈懋学名，命诸子延致。显祖谢弗往，懋学遂与居正子嗣修偕及第。显祖至万历十一年始成进士。"很隐晦地指出，汤显祖年轻的时候文章写得好，闻名遐迩，以至于首席大学士张居正都想将他罗致于门下，与自己的儿子们一同去应试科举。谁知道汤显祖居然不领情，不愿意接受当朝第一权臣的邀约，恃才傲物，拒人于千里之外，显示了年轻人狷介不群的气骨。后果则是连续落第，直到张居正逝世之后，"至万历十一年始成进士"；而煊赫一时的张家此时已遭到抄家处分而覆败。

《明史·汤显祖传》写汤显祖与张居正的关系，落笔非常矜慎，不了解当时的具体情况与社会关系，看不出什么大名堂，也无法理解为什么汤显祖如此狂妄，"不识抬举"，连当朝宰相诚意相邀，都不放在眼里，敢于断然拒绝。这里所说的历史情况，虽然在邹迪光（1550–1626）的《临川汤先生传》中说道："丁丑（1577）会试，江陵公属其私人咹以巍甲而不应。"但是，仍然是云里雾里，没说清楚张居正罗致才俊的具体事实。深受汤显祖赏识的钱谦益（1582–1664），比汤显祖晚了一代，在他的《列朝诗集小传》（丁集［中］），对汤显祖拒绝张居正的笼络，有着具休而戏剧化的描述，让我们对事件的前因后果有了清晰的理解：

> 显祖字义仍，临川人。生而有文在手。成童有庶几之目。年二十一，举于乡。尝下第，与宣城沈君典（懋学）薄游芜阴。客

于郡丞龙宗武。江陵有叔，亦以举子客宗武。交相得也。万历丁丑（1577），江陵方专国，从容问其叔："公车中颇知有雄俊君子晁（错）、贾（谊）其人者乎?"曰："无逾于汤、沈两生者矣。"江陵将以鼎甲畀其子，罗海内名士以张之。命诸郎因其叔延致两生。义仍独谢弗往。而君典遂与江陵子懋修偕及第。又六年，癸未（1583），与吴门、蒲州二相子同举进士。二相使其子召致门下，亦谢勿往也。除南太常博士。朝右慕其才，将征为吏部郎，上书辞免。稍迁南祠郎。

钱谦益叙述汤显祖前半生，首先指出他生有异象，"有文在手"。这个说法有故意夸张之嫌，生下来掌中就有"文"，其实是大多数婴儿都有的现象，并不能显示文曲星下凡。但是汤显祖童幼时期聪颖突出，令人瞩目，却是实情。这里说他"有庶几之目"，指的是有聪贤之才，可与孔门弟子最优秀者媲美。《易·系辞下》：

"颜氏之子，其殆庶几乎。"颜氏之子，指的是颜回，强调的是聪贤的性格。王充《论衡·别通》也说："孔子之门，讲习五经。五经皆习，庶几之才也。"更明确指出，儒家后学读书有成，是庶几之才。钱谦益反复强调的，就是显祖天生有才，比诸孔门才俊，当之无愧。

汤显祖受到张居正的重视，是由于张的亲戚（**张居谦，不是张居正的叔叔，而是同父异母弟**）在太平府江防同知龙宗武处，也就是今天芜湖北边的当涂，结识了显祖与沈懋学，认为他们是当世英才，极力向张居正推荐。那时张居正身为首相，思考如何让自己的儿子科举夺魁，为了避免物议，怕有人批评他操弄科举，便希望有些当世著名的青年才俊同科高中，以杜悠悠之口，于是接受了亲戚的推荐，邀约汤显祖与沈懋学，企图将他们纳入门下。岂料显祖居然不给面了，只有沈懋学前来，当然惹得权倾朝野的首相不满。发榜之后，沈懋学高中状元，张居正的二儿子张嗣修一甲二名（**榜眼**），汤显祖落第。钱谦益记载"君典遂与江陵子懋修偕及第"，讲得不清不楚，容易令人误解，以为沈懋学与张懋修同榜，其实不然。这段记载，混淆了丁丑（1577）

与庚辰（1580）前后两次会试科考，张家两次笼络汤显祖，而显祖两次拒绝张家罗致的故实。丁丑年状元是沈懋学，榜眼是张居正的二子张嗣修；庚辰年的状元是张居正的第三子张懋修，同榜还有张居正的长子张敬修，而汤显祖再次落第。

关于汤显祖第二次受到张家罗致，再次不合作，狂狷依旧，拒绝首相的青睐，邹迪光的《临川汤先生传》叙述得非常清楚：

> 丁丑（1577）会试，江陵公属其私人啖以巍甲而不应。庚辰（1580），江陵子懋修与其乡之人王篆来结纳，复啖以巍甲而亦不应。曰："吾不敢从处女子失身也。"公虽一老孝廉乎，而名益鹊起，海内之人益以得望见汤先生为幸。至癸未（1583）举进士，而江陵物故矣。诸所为席宠灵、附薰炙者，骎且澌没矣。公乃自叹曰："假令予以依附起，不以依附败乎？"而时相蒲州（张四维）、苏州（申时行）两公，其子皆中进士，皆公同门友也。意欲要

之入幕，酬以馆选，而公率不应，亦如其所以拒江陵时者。

邹迪光与汤显祖是同龄人，常州府无锡人，万历二年（1574）进士，崇尚风雅，热爱诗文戏曲，与汤显祖挚友屠隆来往密切，对汤显祖十分倾倒，也熟知当时士大夫圈子的传闻。他记载的具体情况，有名有姓，而且详细反映了汤显祖不愿意攀援权贵的心态，既狂且狷，应该是有所本的。说张家两次"啖以巍甲"，或许是事后的夸饰之词，但意在邀请汤显祖进入张氏权力集团，一旦科举得魁，便是张家的政坛亲信，则是可信的。

邹迪光记载，汤显祖性格狷介，谈到自己不愿依附权势，把科举晋身的途径，比作处女出嫁，不可以轻易"失身"于权贵的宠幸与提拔，强调的是自己的人格尊严，不做随人驱遣的佞幸之徒。在汤显祖的心目中，张居正是操弄权术的"权相"，即使不是奸恶之徒，也僭越了人臣辅政的身份，把朝政玩弄于股掌之中。自己若是屈身被他罗致，固然可以青云直上，在官场上荣耀一番，但也就成了张居正权力集团的一员，归队站边，听从差遣。汤显祖不愿失身于权贵的心态，到了张居正死后抄家，整个政治集团遭到整肃，似乎得到心理补偿，证明了他的先见之明，令他感叹万分："假令予以依附起，不以依附败乎？"这也就使得他坚持自己的信念，不肯依附掌握政府大权的首辅，不愿参与官场的权力运作与斗争，宁愿选择远离权力中心的清简职位。所以，当张居正集团覆败之后，接任的首辅张四维与申时行都想要笼络他的时候，他依然故我，一概拒绝，坚守自身的人格清白，也就自断了官场飞黄腾达之路。

二

在一五七七年到一五八三年的六年间，汤显祖两次不理睬张居正的垂青，第一次或许是恃才傲物，像杜甫形容李白那样，"飞扬跋扈为谁雄"，发扬蹈厉，展示青年的狂放不羁之气。第二次依然故我，狷介不群，给张家一个软钉子吃，摆明了"道不同不相为谋"，则是有其深刻原因的。第一次拒绝，还可说只是理念不合，看不顺眼张居正权势熏天，在官场上横行霸道，连士子心目中神圣的科举净土都敢于染指，完全违背了公平原则的正义性，也不容于汤显祖的儒家道德信念。第二次拒绝，就有了刻骨铭心的切身体会，因为看到了张居正为了控制朝政，专断独行，以致自己的至交好友因为"夺情"事件，反对张居正蔑视道德规范，批评张居正违背权力运作的祖制，而经历了血淋淋的痛苦折磨，甚至遭遇惨无人道的迫害，显示了权相霹雳手段的残忍。汤显祖是江西大儒罗汝芳的学生，笃信老师教导的阳明良知学说，相信人性有道德向善的追求，认为发挥"赤子良知"的精神才是美好社会的正道。他对张居正翻手为云覆手雨的权谋手段是看不上眼的，尤其不满张居正为了肃清言路，设置专断独行的思想管制，制定禁止讲学、打击探讨心性之学的政策，把矛头直接对准了泰州学派，禁锢了罗汝芳一脉的思想传播。这里我们要打个岔，先讲讲阳明学泰州学派与江右学派对汤显祖的影响，也就是他的生长环境与师友关系对他人格塑造的影响。汤显祖从青少年时期就深受罗汝芳思想的熏陶，当他进入社会的具体历史处境，面对张居正以事功业绩及现实利益为主导的政治舞台，便不屑屈身于官场的蝇营狗苟。由此不肯依附张居正的经历，可以看到汤显祖耿介与狂狷的性格是如何从萌发到成形，再经过长时间的淬炼与磨砺，终于造就了自主独立的个性。终其一生，汤显祖秉性刚毅决绝，像他笔下创造的杜丽娘，坚持理想的初心，九死而未悔，追求梦中理想的"至情"人生，是一位思想独立自主的大文学家。

16世纪前后，出现了全世界的大变局，是早期全球化、东西文化碰撞与交流的先声。晚明江南经济的繁荣，社会结构的松动，以及追求物欲与奢华心理的迸发，在万历年间逐渐席卷中国东南半壁，是与早期全球化大趋势出现有关的。在全球化浪潮尚未波及中国之时，中国文化思想的结构已经开始了一个酝酿已久的心理变动——这就是阳明学派的兴起。阳明学派在明代中晚期兴起，跟王阳明这个人对生命意义的深刻认识有关。他最有开创性的思想，是在儒家的孔孟传统当中，从孟子的性善论推衍出个人本体良知自主性的重要。也就是说，你要成为圣贤，或是循着圣贤之道发展完善的人格，不是按照本本主义的方法，读圣贤书中的道德规条，按照官方正统的规范，循规蹈矩，夫子步亦步，夫子趋亦趋，像写八股文通过考试那样，成为服服帖帖的"道德奴才"。王阳明心目中真正的圣贤之道，是要有一种自己本体的内在体悟，所以要"致良知"，要"知行合一"。这个内在的体悟跟个人的心性本体有关，跟个人的人格发展有关，是阳明学派中很重要的东西，强调的是个体心性的自主与自由。

阳明学派强调个体认知的自主性，给心性探索开拓了相当自由的空间，很自然就在弟子阐释师说的过程中，对圣贤之道出现不同的理解与分疏，形成许多不同的分支学派，其中与汤显祖有直接关系的是江右学派与泰州学派，特别是提倡"解缆放帆"的泰州学派。泰州学派创始人王艮讲过"满街都是圣人"，所有人都可以成圣，有点像佛家讲的"放下屠刀，立地成佛"，他们受禅宗影响，至少在传道说法的途径上是类似的。王艮传徐樾，徐樾传颜钧，颜钧传罗汝芳，而罗汝芳就是汤显祖的老师，可谓一脉相承。由于泰州学派强调教化的手段有点像佛家的普度众生，吸收社会不同阶层人士的参与，讲学大会聚集成群的信众，又人人各指本心，往往出现个人自由化倾向，这就引起官方的疑虑与担心。

张居正最讨厌这种非官方的讲学活动，更对泰州学派激进人士到处串连、扩大影响的行动极为忌惮，怕会造成反对官府权威的群众势力，因此尽力打压。张居正捕杀思想激进的何心隐，就是为了防止何心隐组织江湖势力，企图铲除泰州自由开放思想的显著事例。泰州学派的思想激进，主要是个人内心世界的思想激进，有时形之于言，也只是思想言论对自主意识的独特表述，除了何心隐是个例外，不必然涉及社会行动，更没有进行社会运动的迹象。然而，在统治者的心目中，思想言论的自由不羁有可能转化为挑动社会秩序的星星之火，则有曲突徙薪之考虑，必须采取坚壁清野的手段，及早扑灭于未发之时。因此，张居正打压泰州学派，禁止阳明学说引发的普遍讲学风气，限制罗汝芳传播发抒个人主体性的自由追求，以维持官方正统思想的稳定性。作为罗汝芳的忠实弟子，汤显祖坚信老师教导的"天机冷如"的心性取态，反对以官方律令压制阳明圣学思想自由的"活泼泼地"特性，就对张居正滥用权威的行为不满，这也就是汤显祖第一次拒绝张居正罗致他的思想与时代背景。

有趣的是，汤显祖的好友沈懋学也是罗汝芳的弟子，却接受了张居正的邀约，成了张氏权力集团的一员，得以金榜题名，高占鳌头，当上了举世钦仰的状元。汤与沈的家世与教育、抱负与志趣，本来是相当一致的，这才结为挚友，没想到面临一场仕进的诱惑与考验，所作出的选择是如此不同。从落第的汤显祖眼中看来，真是应了杜甫的诗句"同学少年多不贱，五陵衣马自轻肥"。然而，官场的翻云覆雨也不是容易承受的，沈懋学中状元半年之后，就撞上了张居正"夺情"事件，在道德伦理的大节与现实利益的小惠之间又要作出选择，他委屈了自己青云直上的机会，作出违背张居正意旨的决定，告病辞官，自称寄情诗酒声伎，避开政治斗争的追杀。其实也就是风光了一时，悔恨了一世，年仅四十四岁，抑郁以终。

三

汤显祖第一次落第，沈懋学高中状元，曾在汤显祖的寓所住宿，赠诗一首以作安慰："独怜千里骏，拳曲在幽燕。"似乎为好友落第叫屈。汤显祖虽然也感到两人的关系起了变化，但还是写了一首长诗《别沈君典》，向飞黄腾达的朋友告别：

去年三月敬亭山，文昌阁下俯松关。今年俊秀驰金毂，表背胡同邀我宿。妙理霏霏谈转酷，金徒箭尽挝更促。人生会意苦难常，想象开元寺中烛。开元之烛向谁秉，君扬龙生姜孟颖。按席催教白纻辞，回船斗弄苍龙影。别在长干不见君，天上悠悠多白云。衣带如江意回绝，孤踪飒飒吹黄蘽。取得江边美桃叶，细语如笙款如蝶。燕幽道长不可挟，自有韩娥并宋腊。游人得意春风时，金塘水满杨花吹。玩舞徘徊顾双阙，西山落日黄琉璃。落日流云知几处？云花叠骑纵横去。旦暮惟闻歌吹声，春秋正合穷愁著。夫子才华不可当，华阳东海并珪璋。辉辉素具幕中画，慨慨初登年少场。年少纷纭非一日，喜子今朝抒投笔。一行白璧自倾城，再顾黄金须百镒。吏隐郎潜非俊物，谁能白首牵银绂。银绂桃花一路牵，空纱户縠染晴烟。春丝引飔云霞鲜，窗桃半落朱樱然。江南人归马翩翩，金陵到及鲋鱼前。天地逸人自草泽，男儿有命非人怜。归去蓬山蓼水边，坐进金楼翠琰篇。丹蛟吹笙亦可听，白虎摇瑟谁当怜。如兰妙客何处所？若木光华今日天。我今章甫适诸越，山川未便啼鸣鸮。都门买酒留君别，况是春游寒食节。孟门太行君所知，鬼谷神楼非我宜。王孙碧草归能疾，公子红兰佩莫迟。昨日辞朝心苦悲，壮年不得与明时。处处抚情待知己，可似南箕北斗为。

这首长诗蕴藉婉转，寓意曲折深远，既说到两人订交的经过，思想感情的契合，引为挚友，又说到经过这次科考，两人走上了不同的途径，分道扬镳，各自面临未知的命运。诗一开头，写两人去年在宣城的敬亭山诗酒风流的美好岁月，今年到北京会试，沈懋学还邀汤显祖到表背胡同同住，友情十分深厚。在宣城流连的日子，还有龙宗武（**君扬**）与姜奇方（**孟颖**）一道，听歌选舞，泛江游船，快乐无比。后来在南京分别了，心中一直思念着，直到北京又再相逢，依然有韩娥与宋腊这样的美女相伴，春风得意，一同游乐。考试的结果，改变了两人的命运，也使得亲密无间的友情难以持续。

长诗的结尾，写春寒料峭的寒食节，在京城与沈懋学饮酒赋别，一方面讲到自己不受朝廷赏识，在少壮年月不能报效国家，心中悲苦："昨日辞朝心苦悲，壮年不得与明时。"另一方面则诚恳劝告沈懋学，走上仕途要小心："孟门太行君所知，鬼谷神楼非我宜。"这里引用的孟门太行典故，来自张九龄的诗《始兴南山下有林泉，尝卜居焉，荆州卧病有怀此地》，沈懋学当然是清楚知道其中寓意的。其实，汤显祖引用这个典故，才是整首长诗的诗眼，是写这首诗的中心意旨。张九龄原诗如下：

> 出处各有在，何者为陆沉。幸无迫贱事，聊可祛迷襟。世路少夷坦，孟门未岖嵚。多惭入火术，常惕履冰心。一跌不自保，万全焉可寻。行行念归路，眇眇惜光阴。浮生如过隙，

先达已吾箴。敢忘丘山施，亦云年病侵。力衰在所养，时谢良不任。但忆旧栖息，愿言遂窥临。云间日孤秀，山下面清深。萝茑自为幄，风泉何必琴。归此老吾老，还当日千金。

汤显祖对沈懋学的劝告，毋宁更是一种透彻人生的警告，现在的说法就是"天下没有白吃的午餐"！他的表达方式虽然隐晦，借着引用古人的诗句典故，用意却十分明确，要告诉沈懋学的，就是张九龄对生命意义的感悟：人生的出与处，牵涉到自己的生命选择，很难说何者是成，何者是败。只要还没有被人逼着去做下贱的事，也就可以过得舒坦。世上的道路很少是平坦的，像通往太行山的孟门径，虽然窄仄，也不算太崎岖。多用权谋之术，进出烈火燃烧的官场，是很令人惭愧的；应该时常警惕自己，要保持如履薄冰的心态。万一不小心，跌个大跟头，就没有万全之法来保护自身。要时时想着留一条可归的后路，要爱惜短暂生命的光阴。古来的贤达早就告诉我们，浮生短暂，如白驹过隙。张九龄在诗的结尾，说到自己多病体衰，有一些官场职务是难以胜任的，想要告老回乡，在山间林下过安逸的日子。对刚中状元的沈懋学而言，这样隐晦的忠告或许毫无意义，但是后来官场事态的发展——半年后就爆发了"夺情"事件，逼得沈懋学辞官回乡，印证了汤显祖的先见之明。

这场科考，与汤显祖同时落第的，还有推荐沈懋学与汤显祖给张居正的张居谦。为了保证自己儿子科举顺利高中，又要避免众口谣诼，说他暗地操弄闱场，张居正就不让自己的同父异母弟上榜，使得张居谦郁闷万分。汤显祖事后为他写了首诗《别荆州张孝廉》，感慨同是天涯沦落人，算是相濡以沫：

去年与子别宣城，今年送我出帝京。帝邑人才君所见，金车白马何纵横。金水桥流如灞浐，西山翠抹行人眼。当垆唤取双蛾眉，的䑁人前倾一盏。谁道叶公能好龙？真龙下时惊叶公。谁道孙阳能相马？遗风灭没无知者。一时桃李艳青春，四五千中三百人。掷蛙本自黄金贱，抵鹊谁当白璧珍？年少锦袍人看杀，唇舌悠悠空笔札。贱子今龄二十八，把剑似君君不察。君不察时可奈何！归餐云实荫松萝。濠南钓渚飞竿远，江左行山着屐多。吏事有人吾潦倒，竹林著书亦不早。被褐原非衮冕人，飙车更向烟霞道。青野主人归不归，文章气骨可雄飞。三十余龄起幽滞，连翩不遂知著希。平津邸第开如昨，啸激清风恣寥廓。人生有命如花落，不问朱裀与篱落。君当结骑指衡山，欲往从之行路艰。怀沙长沙为我吊，洞庭波时君已还。贱子孤生宦游薄，习池何似江陵乐？宁知不食武昌鱼，定须一驾黄州鹤。我今且唱越人舟，青蒲翠鸟鸣相求。君独胡为好鞍马，草绿波光不与俦。我住长安非一日，点首倾心百无一。夫子春间傥未行，为子问取郢中资。

在这首诗中，对着同样受到操弄而落第的友人，汤显祖就毫无顾忌，直截了当，表示了无限愤懑：“谁道叶公能好龙？真龙下时惊叶公。谁道孙阳能相马？遗风灭没无知者。”叶公自称好龙，但是自己这条真龙出现的时候，就把叶公给吓坏了；谁说原名孙阳的伯乐能相马，千里马却完全没人能够赏识！又说到这年参加会试科考的四五千人，有三百人上榜，居然没选上自己这样的人才。自己像黄金一样，却拿来抛掷蛀虫，实在是自贬身价；自己像雪白的玉璧，却扔去驱赶噪鸦，谁还会视作珍品？想想自己，已经二十八岁了，是把安邦定国的宝剑，君王却不来察看，实在无可奈何！只好回归山林乡野，渔樵忘机，在大自然的怀抱中悠游生息。官家的职事自有能干的人，我是属于潦倒江湖的散人，也该早早著书立说，在文学想象的领域创作烟霞美景。

此诗的后半，写到张居谦也已经三十出头了，困顿于科场多年，大概飞黄腾达的机会十分渺茫。两人同病相怜，也只好承认命运不可逆料："人生有命如花落，不问朱祔与篱落。"行路艰难也是没办法的事，回顾历史上的屈原与贾谊，才华盖世，却命运乖舛，令人凭吊伤心，也会为我的遭遇一掬同情之泪。诗末点出两人科举失败的落寞，"我住长安非一日，点首倾心百无一"。古人说的"冠盖满京华，斯人独憔悴"，就是两人的写照。

汤显祖落第南归，给朋友写了一些诗，更清楚地表达了自己落寞的心境，同时不断提起古人的隐逸生活，似乎是在抚慰自己的愤懑不平之气。他经过南京，在归舟之中遇上风雨，给知心好友龙宗武写了四首诗《下关江雨四首寄太平龙郡丞》。第一首有这样的句子："天意岂有端，倏雨无恒晴……空江寡人务，惟闻鱼鸟声……而余阙芳侣，不及春禽嘤。"感到独行无友，又逢雨阻，心情相当凄楚。第二首写到他高堂父母与妻子兄弟都期望他高中荣归，朋友也对他寄以厚望，"念此欲飞奋，秉耜及时苗。终知不可得，抒愁寄久要"。事与愿违，也是无可奈何。第三首回忆起赴京之前，在龙宗武处的诗酒风流光阴，想起来还是美好的邂逅："忆我旧行游，浮荣散飞藿。芜阴逯亭閤，歌呼事如昨。"芜阴指的就是龙宗武的驻地太平府，当时歌诗乐游，又有道义之交的联翩遥想，总是令人感到欣慰的。第四首则是自述平生用功读书，为了经世济民，报效国家："精诚亮有鉴，振羽来天墀。翰音不可闻，毛理未成蚩。浩浩故应白，悠悠君讵知？暄凉人未异，心迹自先违。"岂知遭遇的情况与预期不同，拳拳之心不受朝廷重视。而且世态炎凉，让人违背了早先的自我期许。这首诗的结尾是："为德苦难竟，叔牙我心希。"显然是批评了有人为德不卒，本来希望是管鲍之交，互相激励，精诚不变，到头来或许落空了。汤显祖写诗给龙宗武，感叹有人为德不卒，是谁呢？说得影影绰绰的，还希望继续作为知己，是谁呢？我们只要仔细想想，显然就是跟他一道进京赶考，邀他同住在表背胡同，"铜驼杯酒旧殷勤"的沈懋学了。汤显祖的家乡好友谢廷谅，是一起成长的地方才俊，也写了诗，安慰落第的汤显祖。徐渭后来读到，误以为谢廷谅写诗给汤显祖，是自己顺利登榜之后，抚慰显祖落榜的心境。其实，谢廷谅也是科场失意，他科举生涯的坎坷比显祖更甚，要迟到万历二十三年（1595）才成进士。汤显祖接到好友的慰问，回了三首和诗《谢廷谅见慰三首，各用来韵答之》。

由这些落第之后写的诗可以看出汤显祖的不满与愤懑，同时，也显示了他的狷介个性，不愿意为了晋身官场而委屈自己，为当权者作伥。

四

汤显祖在 1580 年的科考落第，涉及张家再次笼络，汤显祖再次拒绝。这一次拒绝，汤显祖的心情更加坚决，是因为上次落第之后发生的一些具体事件，加深了他对权臣专横的厌恶，他决心不与张家有任何瓜葛。具体地说，就是 1577 年秋天的"夺情"事件。这个事件，历史资料很多，研究者也不少，不必详说，这里只就直接波及汤显祖师友，受到张居正迫害的人物说说。

在汤显祖 1577 年春试落第之后，沈懋学风风光光留在京城做官，好像天下太平了。到了九月，张居正的父亲突然逝世。按照惯例，张居正是要辞职回乡，守孝三年的，必须放下手中掌握的权势，让内阁二把手接替首辅的位置。但是张居正眷恋权位，就出了"夺情"这件大事，轰动了朝野。《明史纪事本末》卷六十一"江陵柄政"，是这么记载的：

> 己卯，张居正父丧讣至，上以手谕宣慰，

视粥止哭，络绎道路，又与三宫赙赠甚厚，然亦无意留之。所善同年李幼孜等倡夺情之说，于是居正惑之，乃外乞守制，示意冯保，使勉留焉。冬十月，居正再上疏乞终制，不允。乃请在官守制，不造朝，许之。居正既父丧夺情，吉服视事。编修吴中行、检讨赵用贤因星变陈言。刑部员外艾穆、主事沈思孝合疏言"居正忘亲贪位"，居正大怒。时大宗伯马自强曲为营解，居正跪而以一手捻须曰："公饶我，公饶我！"掌院学士王锡爵径造丧次，为之解。居正曰："圣怒不可测。"锡爵曰："即圣怒，亦为公。"语未讫，居正屈膝于地，举手索刃作刭颈状曰："尔杀我，尔杀我。"锡爵大惊，趋出。十月二十二日，中行等四人同时受杖。中行、用贤即日驱出国门，人不敢候视。……穆、思孝复加镣锁，且禁狱。越三日，始金解发戍，为更惨毒。时邹元标观政刑部，愤甚，视四人杖毕而疏上。越三日，受杖，谪戍贵州都匀卫。……十一月癸丑朔，以星变考察群臣。

始张居正自矫饰，虽或任情，而英敏善断，中外群誉之，居正亦自负不世出。迨刘台论居正得罪，志意渐恣。至是，益知天下不见与，思威权劫之矣。

批评张居正而惨受杖刑的吴中行、赵用贤、艾穆、沈思孝、邹元标，以及稍早遭到廷杖又被害死的刘台，在汤显祖眼里，都是正直而敢于诤言的朝官，维护的是社会纲常的基本原则，只是因为张居正贪恋权位，竟然对他们无情迫害，以杖刑手段打击异己，将他们置于死地，这是汤显祖难以容忍的。特别是邹元标，在众人蒙受残酷的杖刑之后，基于义愤，不顾自身安危，上疏批评张居正，更让汤显祖佩服这位刚刚考取进士的同乡好友。"夺情"事件还牵涉了汤显祖的挚友沈懋学与龙宗武，沈德符《万历野获编》有"龙君扬少参"，是这样记载的：

宣城沈翰撰君典（懋学），以谏止夺情忤江陵意，然内愧其言。又吴（中行）、赵（用

贤）两门生已叛之。赵（志皋）、张（位）、习
（孔教）诸词臣，又以有违言谪去。虑馆僚之
怨也，屡令其子编修（嗣修）致书慰藉，促
其还朝。沈亦犹豫未决。适有宣城狂生吴仕
期者，草一书欲规江陵，遍示所知。人皆为
危之，然实钓奇自炫，初未尝投京邸也。维
时又有无赖青衿王制者，同一斥吏，伪造海中
丞（瑞）疏，丑诋江陵，刻印遍售，此不过欲
博酒食资耳。时，操江胡都御史（槚）得之大
喜，以为奇货可居，捕仕期入狱，胁令招称，
为懋学所造，转授仕期者。问官为太平府江防
同知龙宗武，素与沈善，力辨于胡中丞不能
得。胡乃先请江陵，云即露章发其事。江陵惧
株连不可解，回柬有姑毙杖下之语。胡遂命毙
之狱中，沈始得免。后吴妻贡氏声冤，胡戍贵
州。龙时已自湖广参政罢归，亦论戍粤东。先
是仕期死时，即有议龙者，沈感其曲全，逢人
即明其不然，且屡向当路白其冤。会先病卒，
事不得雪，龙竟老于伍，今尚在。龙与罗匡湖

（大紘）给事为姻家，与邹南皋（元标）吏部

亦厚善。两公俱正人，非肯滥交者。

这一段事情，说的是沈懋学劝说张居正，既然朝廷上有许多批评议论，就不要违背亲情常规，应该丁忧守制。张居正当然不听，沈懋学只好辞官归乡。状元忤逆首相，弃官回乡，会引起众叛亲离的联想，造成政坛波动，对夺情事件造成严重影响，因此，张居正叫自己的榜眼儿子张嗣修写信抚慰，劝喻他回到朝廷。刚好此时发生了宣城狂生吴仕期写书规劝张居正，又有人假借海瑞之名丑诋张居正，就有奸佞的操江都御史胡槚认定沈懋学唆使同乡吴仕期，编造谣诼，丑诋首相，以此向张居正献媚。把吴仕期抓进狱中，派去审案的，就是胡槚的下属，太平府江防同知龙宗武。他调查清楚了案情，确信与沈懋学无关，向胡槚报告沈的清白，却不得要领。胡槚私下先行通知张居正，说要正式报告沈懋学的阴谋，张居正害怕事情闹大，株连众多，便授意杖杀吴仕期，开脱沈懋学。龙宗武不肯残杀无辜，吴却在狱中绝食而死，一场天大的冤案告一段落，却使龙宗武背上

了枉杀的恶名。汤显祖冷眼观看官场尔虞我诈的作为，更为好友沈懋学与龙宗武担心，怕他们身陷囹圄，甚至可能遭到诬陷而丧生，想来都寒心。

龙宗武死后，汤显祖为他写了墓志铭《前朝列大夫饬兵督学湖广少参兼金宪澄源龙公墓志铭》，一开头就说：

> 予乡举为隆庆庚午（1570）秋，而吉中龙公宗武、刘公台，南昌万公国钦、丁公此吕，皆成进士。虽蕴藉慷慨殊致，而各有名于时。刘、万、丁三公，皆以御史言事去官，前后死无所恨。而独龙公以高才猛气，不得为其所欲为，而顿挫外服，终于受俗重诬以死。海内知者伤之，而予与吉水邹公元标尤甚。嗟夫，世岂无若人之才与气，而以诬废且死者乎！然以予所见所闻知，则于公固有愤发隤绝，不可言尽者矣。

这里说的是汤显祖在 1570 年二十一岁乡试中举，

同榜的江西同乡有龙宗武、刘台、万国钦、丁此吕，这些好友同学后来都成了进士，也都因为触怒张居正而遭贬，而龙宗武甚至在夺情事件中受到诬陷，名誉受损，遭到世人的白眼。在这篇墓志铭中，汤显祖细述了"夺情"事件在宣城的发展，因吴仕期涉案，被胡槚瞅到机会，罗织大案向宰相献媚，对沈、龙两人造成巨大威胁，甚至可能丧身破家。汤显祖细述的前因后果，与沈德符的记载稍有差异，是说胡槚先怀疑龙宗武与其他江西人一路，都是张居正的政敌，后来查出是狂生吴仕期惹的祸。当张居正决定杖杀吴仕期以平息事件，龙宗武不忍执行，胡槚又想借此陷害沈懋学以邀宠，被龙宗武坚决顶住，不肯牵连称病居乡的沈懋学：

> 盖是时上方冲圣，而江陵张公用，一切把握，裁核为政。时不能无苦之。遂有为中丞海公疏而假旨以下者，适公（龙宗武）之小吏刻以行，闻于江抚某（胡槚）。某曰："吉安刘（台）若邹（元标）、若前傅应祯等，皆以言执政危切坐戍。龙其乡人，而龙其小吏家

刻，此必龙所为也。"下公捕治此事，而公亦不得已，一为踪迹所从。展转凡四五辈，而始引以为吴生仕期。仕期者，宣城妄男子也，老诸生间。常落魄外走，曰："我当之长安上书言执政者。"实未尝至都有言也。至是伪疏旨引及，乃始索得其书，词意颇类。以质仕期，仕期语塞。其上江抚，转以闻江陵。江陵手书曰："此不足起大狱，毙之杖下可耳。"抚以示公，公不忍，而抚亦遂欲以吴生事及其乡人沈公懋学矣。懋学故孝廉时，为宣城令姜公奇方所赏重。公至宣问人士，令以懋学、梅君鼎祚对。公皆厚遇之。而懋学遂为丁丑殿试第一人，受江陵恩遇最深。而当江陵不肯归服父丧时，乃至廷杖言者邹公等，懋学亦以书劝江陵，见忤，移病归里。公益用怜重之。及是，抚欲有以中沈快执政意，而公屹不应曰："一老措大假上旨，吾尚未忍坚决，乃及贤士大夫乎。听之矣。"会吴生自愤恚绝吭死，公为给六千钱殡视之。公故未尝有加于吴生也，而先

是有芜令某者，不善于公。至是声言，丞实绝
吴生食，齰败毡死。闻者颇惑之。

"夺情"事件的发展，让汤显祖看清了张居正的专
横，"顺我者昌，逆我者亡"，清楚知道了依附权势的可
怕。有权相在上颐指气使，就有佞臣在下，想尽一切方
法奉承讨好，甚至罗织罪名，陷害他人以邀宠。假如不
是龙宗武仗义顶住压力，沈懋学可能免不了牢狱之灾，
不止于郁郁以终了。所以，当张家在庚辰会试期间，由
张居正的三儿子张懋修本人与王篆出面，再次笼络汤显
祖，他早已想好了应对之道，一而再，再而三避不见
面，让张家人碰了个软钉子。

汤显祖再度拒绝张家笼络的十一年后，张家早已抄
家覆败，大儿子张敬修被迫自杀身亡，老二张嗣修自杀
未遂，被朝廷褫夺了榜眼的功名，发配到岭南尽头的雷
州半岛。1591 年汤显祖批评时政，攻击首相申时行"柔
而多欲"，遭贬徐闻，在当地见到了颠沛流离的张家老
二，想起当年张家想要罗致他于门下，不禁感慨万千，
给张老三写了封信，《寄江陵张幼君》："庚辰（1580），

公子一再顾我长安邸中，报谒不遇。今虽阔远，念此何能不怅然也。辛卯（1591）中冬，与令兄握语雷阳，风趣殊苦。辄见贵人言之，况也永叹！近得差一上相国墓否？役便附致问私。惟冀公子窅然时，玩长沙秋水篇，代雍门琴可也。"这封信揭露了当年张懋修一再来访，他避不见面的情景，同时也显示了，时过境迁，汤显祖已经不再计较过去的恩恩怨怨，反倒问慰张家的情况，显示了狂狷性格之中蕴藏的忠厚。他与张家二哥在雷阳贬地相遇，同是天涯沦落人，就想到故旧张懋修，同情张家败落之悲惨境遇，探问是否有机会给张居正上坟。这里提到给张居正上坟，隐含了张家遭到抄家覆败之后，朝政曾论张居正有"剖棺戮尸"之罪，幸而免除了执行，否则恐怕连一抔黄土都难以存身。汤显祖深感世事沧桑难料，劝张懋修体会《庄子·秋水》篇的意旨，心胸放宽些，不要去想悲伤的雍门琴曲，看得超脱一些。关于张懋修 1580 年中状元之事，沈德符《万历野获编》卷十四有"关节状元"条，是怀疑张居正在幕后动了手脚："今上庚辰科状元张懋修，为首揆江陵公子。人谓乃父手撰策问，因以进呈。后被劾削籍，人皆云然。"赵吉士《寄园寄所寄》卷六，引《抡元小录》：

> 万历丁丑（1577），张太岳字嗣修榜眼及
> 第，庚辰（1580）懋修复登鼎元。有无名子揭
> 口占于朝门曰："状元榜眼姓俱张，未必文星照
> 楚邦。若是相公坚不去，六郎还作探花郎。"后
> 俱削籍。故当时语曰："丁丑无眼，庚辰无头。"

这里讲到张居正的六个儿子，个个都有妥善安排：
老大是庚辰进士；老二是丁丑榜眼；老三庚辰状元；老
四荫袭了父亲的爵位，不必应考；老五有武职军功；只
有六郎还没有身份，有待科举晋身。假如张居正还继续
当着他的首相，早晚还有一个探花郎是归张家老六的。
这张流传在民间的揭帖，对张居正的专横霸道充满了讥
讽与控诉，在相当程度上反映了清流的不满，在当时也
加深了汤显祖对张居正弄权的厌恶。

五

汤显祖两次拒绝张居正笼络，主要是反映了他独立自主的个性，对当权者显示了自己狷介不移的性格，其间还因"夺情"事件的扰攘，对官场斗争有了深化的认识过程。汤显祖年轻时也曾热衷科举功名，循着传统读书人一贯的进取之道。扬名声、显父母，为家族增光，是明清社会的天经地义，从他的名字就可以看出家族的期望。丁丑与庚辰两次会试的经历，却如天降冰雹一般，不但打消了汤显祖经世济民的出仕之心，还让他对从政产生了深远的心理创伤，使他从根本上怀疑政权运作的正义性，而采取了消极不合作的态度。因此，张居正死后遭到抄家覆败之际，正是汤显祖考上进士之时，这可能只是毫无关联的巧合，但在汤显祖心中，一定是别有一番难言的滋味。这时新任首辅的张四维与申时行都先后前来拉拢，希望他成为自己的门下，汤显祖则一概拒绝，表明了自己不慕虚荣，也无意混迹于官场的风云变化。他的狂狷性格，最明显的作为就是要求远离中央，到南京去做一个不参与实际政治的闲官。万历十四年（1586），汤显祖三十七岁生日，在南京做官，写了《三十七》一诗，回顾了前半生的经历：

> 童子诸生中，俊气万人一。弱冠精华开，上路风云出。留名佳丽城，希心游侠窟。历落在世事，慷慨趋王术。神州虽大局，数着亦可毕。了此足高谢，别有烟霞质。何悟星岁迟，去此春华疾。陪畿非要津，奉常稍中秩。几时六百石，吾生三十七。壮心若流水，幽意似秋日。兴至期上书，媒劳中阁笔。常恐古人先，乃与今人匹。

他三十七岁写的这首生日诗，回顾半生的经历，似乎是透露了"中年危机"，对人生意义的追求有所向往，也显示了无奈的怅望，反映出自己青春已逝的心理困境，有意蓄势待发，做出惊人的一搏。诗一开头说，自己年少时聪明出众，"俊气万人一"；弱冠之年，就已经取得举人的功名，意气风发，充满自信，到处游历。自以为可以经世济民，建立事功，"神州虽大局，数着亦可毕"。功成名就之后，"了此足高谢，别有烟霞质"，不想永远混迹官场，另外还有更值得发挥的精神追求，那才是性命所系的终极目标。通过思想追求与文学创作，探索人生的美好与幸福，发挥聪明才智，为世人"立言"。到了现在三十七岁生日，已经活了将近四十年，四十而不惑，岁月飞逝，青春不再，"去此春华疾"，在陪都南京这样的闲置之处，做个中下级的官僚，何时才能熬到太守的位置？"壮心若流水"，感到雄心壮志如流水逝去，已经到了悲秋时节，总得有点作为。哪一天兴致来了，要上书朝廷，批评时政，让当政者伤伤脑筋。就算不能媲美古人，也至少可以与今人抗衡。从这首生日诗可以看出汤显祖不甘久困闲职、无所事事，早晚要向腐败的政坛发难。当时他已经开始写以霍小玉故事为题材的《紫箫记》，因为官场的流言蜚语，说他在剧中讽刺朝廷，他不得不封笔，没法完成第一部剧作。他后来接着再写的《紫钗记》，更借着发挥霍小玉故事，在想象世界里批评权臣弄国，揭露官场行径的攀援勾结，抨击时政的龌龊腐败。他在想象世界构筑的情节与思想取态，明显展示了他在现实生活中的感触与愤懑。这首生日诗，就暗示了他早早晚晚要上书朝廷，向一群掌权的贪官污吏发难。从三十七岁到四十二岁，他正式上疏发难之前，经常私下发表意见，批评时政，并且发现人心叵测，身边有不少阴险的两面派。或许因为他性格狷介，特立独行，不愿意参与拉帮结派的活动，懒于勉强周旋，身边人就对他恶意诽谤，惹他私下抱怨不已。

三十八岁那年（1587），他上北京接受京察考核，就听到官场议论纷纷，到处谣传他批评时政，还写戏曲借古讽今。回到他任职的南京后，显祖不禁写了《京察后小述》一诗，大为感慨人心难测，只不过看不惯他的特立独行，就对他有如许的恶意诽谤："邑子久崖柴，长者亦摇簸。含沙吹几度，鬼弹落一个。大有拊心叹，不浅知音和。参差反舌流，倏忽箕星过。幸免青蝇吊，厌听迁莺贺。"这首诗先说一些年轻人散布谣言批评他，如同狗吠，可是有些长者也跟着胡乱传播，含沙射影，暗箭伤人。显祖明确表态，说自己懒得理会他人议论，依然故我，不会看别人脸色改变自己的态度："文章好惊俗，曲度自教作。贪看绣夹舞，贯沓花枝卧。对人时欠伸，说事偶涕唾。眠睡忽起笑，宴集常背坐。"自己写惊世文章，做骇人行径，诗酒风流，钟情歌舞。对着看不上眼的人打哈欠，参加宴会也背着人坐，明摆着给人难堪，完全目中无人，一派狂生态度。他曾致书好友王肯堂，抱怨当时名流，不少都是伪君子。自己真心与人谈论天下大事，居然被人故意扭曲，还散播谣言，几乎给自己惹出大祸："仆不敢自谓圣地中人，亦几乎真者也。南都偶与一二君名人而假者，持平理而论天下大事，其二人裁伺得仆半语，便推衍传说，几为仆大戾。彼假人者，果足与言天下事欤哉！然观今执政之去就，人亦未有以定真假何在也。大势真之得意处少，而假之得意时多。"从他在南京服官的行径来看，汤显祖的确表现得有些狂，可与他之前拒绝权相笼络之"狷"，好有一比。其实狂狷这个东西，在中国儒家思想的人格培养中，对所有的读书人都是很重要的概念。《论语·子路》："不得中行而与之，必也狂狷乎！狂者进取，狷者有所不为也。"孔子告诉我们，狂者进取，会做一番事业，会做出令人侧目的举动；狷者则有所不为，就是守着自己的标准，雷打不动，天掉下来也不为之改变。

何晏《论语集解》引了汉代经师包咸："狂者进取于善道，狷者守节无为。"朱熹《四书集注》："狂者志极高而行不掩，狷者知未及而守有余。"朱熹认为，狂者志气非常高，行为不加掩饰，都表露出来；而狷者知道有些事无法做到，便坚守一些标准，决不退让。这是儒家传统历代对"狂狷"的理解，大家都知道，汤显祖知道，张居正知道，所有读过"四书"的读书人，所有政府的官员都知道，可是说得容易，做起来就难了。按照阳明学说，更是要"知行合一"，这就看出汤显祖的人格修养了。万历十九年（1591），汤显祖四十二岁，终于忍不了朝政的腐朽颓败，借着前一年星变，皇帝批评言官欺下瞒上的时机，上了《论辅臣科臣疏》，批评首相申时行弄权谋私。《明史》卷二百三十《汤显祖传》节录了疏文如下：

　　（万历）十八年，帝以星变严责言官欺蔽，并停俸一年。显祖上言曰："言官岂尽不肖，盖陛下威福之柄潜为辅臣所窃，故言官向背之情，亦为默移。御史丁此吕首发科场欺

蔽，申时行属杨巍劾去之。御史万国钦极论封
疆欺蔽，时行讽同官许国远谪之。一言相侵，
无不出之于外。于是无耻之徒，但知自结于执
政。所得爵禄，直以为执政与之。纵他日不保
身名，而今日固已富贵矣。给事中杨文举奉诏
理荒政，征贿巨万。抵杭，日宴西湖，鬻狱市
荐以渔厚利。辅臣乃及其报命，擢首谏垣。给
事中胡汝宁攻击饶伸，不过权门鹰犬，以其私
人，猥见任用。夫陛下方责言官欺蔽，而辅臣
欺蔽自如。夫今不治，臣谓陛下可惜者四：朝
廷以爵禄植善类，今直为私门蔓桃李，是爵
禄可惜也。群臣风靡，罔识廉耻，是人才可惜
也。辅臣不越例予人富贵，不见为恩，是成宪
可惜也。陛下御天下二十年，前十年之政，张
居正刚而多欲，以群私人，嚣然坏之；后十年
之政，时行柔而多欲，以群私人，靡然坏之。
此圣政可惜也。乞立斥文举、汝宁，诚谕辅
臣，省愆悔过。"

从引录的疏文可见汤显祖的打击面很大，从内阁大学士到都御史，全都没有放过，直指朝廷腐败，被一批贪官污吏把持。读读原疏，更可看到汤显祖傲骨嶙峋，挥动凌厉的笔锋，大有一扫千钧澄清宇内之势。最值得我们注意的有两点：一是指出，他的同乡好友丁此吕与万国钦，都因诤言急谏，批评高官贪黩而遭到打击，贬谪到外地；二是汤显祖上疏皇帝，遣词用字丝毫没有谦卑恭顺之态，反而像老师教训学生一样，直斥朝政混乱，用人不当，必须一概罢免。他批评万历皇帝柄政二十年，用的两个首席大学士张居正与申时行都是滥权用私的权臣，而杨文举、胡汝宁这种都御史更是"贿嘱附势，盛作不忠之事，躐窃富贵者"，让人齿冷。他在疏文中批评吏科都给事中杨文举，行文锋芒毕露，畅快淋漓，读来像一篇讨伐奸佞的檄文：

> 杨文举者，非奉诏经理荒政者乎？文举所过辄受大小官吏公私之金无算。夫所过督抚司道郡县，取之足矣，所未经过郡县，亦风厉而取之。郡县官取之足矣，所住驿递及所用给散

钱粮庶官，亦戏笑而取之。闻有吴吏检其归装中金花彩币盖盘等物，约可八千余金，折干等礼，约可六千余金，古玩器直可二千余金。而又骑从千人，赏犒无节。所过鸡犬一空。迨至杭州，酣湎无度，朝夕西湖上，其乐忘归，初不记忆经理荒政是何职名也。夫前所贿赂宴费数万余金者，岂诸臣取诸其家蓄而与之哉？正是刻掠饥民之膏余，攒那赈帑之派数，以相支持过送，买其无唇舌耳已。而广卖荐举，多寡相称，每荐可五十金。不知约得几千金？至于暮夜为人鬻狱，如减凌玄应军之类，又不知几千金。

汤显祖批评杨文举贪赃枉法，卖官鬻爵，甚至接受贿赂为人减免刑责，胆大包天到了极点。他不禁就问，朝廷内阁中的三位大学士，申时行与王锡爵是苏州人、许国是徽州人，而这两处地方人士都知道杨文举的贪渎劣迹，难道大学士不知道吗？这不是奇怪的事吗？不仅如此，杨文举赈灾回来还报虚功，升任吏部最高的都御史职位，这是怎么回事？所以，可以推知，杨文举贪污的赃款，必然有其用途，大学士们恐怕也难逃干系。京城官场都知道，"皇上德意，亲发内帑金钱赈救生灵之死，而文举乃敢贪赃宴乐，扰害饥民，买官自擅"，背后是有内阁这把大保护伞的。汤显祖恨透了杨文举这类贪官，骂得淋漓痛快，接着说，这个贪官到了下一年度还会主持政府的全国核计，必定贪贿横行，到时家里堆满金银财宝，满坑满谷，多到没有地方可放："峨然六科之长，明年大计天下吏，臣恐文举家无地着金也！"仔细对照汤显祖上疏的原文与《明史》的节录，可以想象汤显祖执笔的真实情景，他难以遏止憎恶之心，狂兴大发，飞扬跋扈，好像杨文举就在眼前，被他指着鼻子痛骂，而杨文举背后的保护伞，也被一阵狂飙吹得七零八落。《万历野获编》有"吏垣都谏被弹"一节："杨文举，以差赈江南功，方复命，升吏科都给事中。甫命下，亦为南京礼部主事汤显祖等所劾，请病去。癸巳大计，以不谨斥，则世所指八狗三羊中之一人也。一时吏科之见轻如此。"骂完了杨文举，再骂礼科都给事中胡汝宁："除参主事饶伸外，一蛤蟆给事而已。不知汝宁

何以还故乡也？"他骂胡汝宁是个素餐尸位的昏官，除
了参劾过批评政府的饶伸，什么事也没干过，这一辈子
的伟大成就，就是当个"蛤蟆给事"，留给后世笑骂。
关于"蛤蟆给事"，沈德符《万历野获编》记有"蛤蟆
给事"一段：

> 先人门士汤义仍（显祖），论政府而及给
> 事胡似山（汝宁），曰：除参论饶伸之外，不
> 过一蝦（按：蝦同蛤）蟆给事而已。饶号豫
> 章，为比部郎，曾抗疏诋太仓，而胡以言官纠
> 之。会亢旱祷雨禁屠宰，胡上章请禁捕鼃，可
> 以感召上苍。故汤有此语。余后叩汤曰：公疏
> 固佳，其如此言谑近于虐。汤笑曰：吾亦欲为
> 此君图不朽，与南宋鹅鸭谏议属对亲切耳。三
> 君俱江西人，而胡与饶更同郡。

沈德符父沈自邠，万历五年（1577）丁丑科进士，
也就是汤显祖第一次拒绝张居正而落第那一科，曾参与
编修《大明会典》。因为父执的关系，沈德符亲自问过

汤显祖，称赞这篇疏文的确写得好，但是如此戏骂胡汝宁，未免谑近于虐。汤显祖的反应非常有趣，说正是要给他留个不朽之名，好跟南宋时的"鹅鸭谏议"成双作对，名垂青史。汤显祖在正式上疏朝廷的奏章中，寓严厉的历史评价于嬉笑怒骂，可以看到他傲慢不群的性格，完全不把政府的衮衮诸公放在眼里，就像叱骂一群沐猴而冠的贪黩昏官。他提到的"鹅鸭谏议"典故，田汝成《西湖游览志余》记南宋掌故，有这么一条："宋绍兴乙卯（1135），以旱祷雨。谏议大夫赵霈上言：'自来祈祷断屠，止禁猪羊，今后并请禁鹅鸭。'时胡致堂在两掖见之，笑曰：'可谓鹅鸭谏议矣。'"在后来冯梦龙编《古今谭概·迂腐部第一》中，也记有"鸭鹅谏议"一条，并且引述了汤显祖的"属对"：

高宗朝，黄门建言："近来禁屠，止禁猪羊，圣德好生，宜并禁鹅鸭。"适报金虏南侵，贼中有"龙虎大王"者，甚勇。胡侍郎云："不足虑，此有'鹅鸭谏议'足以当之。"冯（梦龙）评：我朝亦有号"蛤蟆给事"者，大类此。

汤显祖上疏，批评得凌厉万分，造成了官场大地震，申时行辞官以表心迹，更多人上书辩解，攻击汤显祖此举是私怨泄愤。最后皇帝为了摆平政局，下令："汤显祖以南部为散局，不遂己志，敢假借国事攻击元辅。本当重究，姑从轻处了。"贬谪了汤显祖，降为"徐闻县典史添注"，也就是赶去天涯海角，不给任何工作职务，也从此杜绝了显祖的升迁之道。福之祸所倚，祸之福所依，汤显祖这一趟雷州半岛贬谪之行前后经历不到一年，却让他翻越梅关，进入岭南海陬，甚至像苏东坡一样，远赴雷州与海南。这番深入瘴疠之地的远行，让他亲历岭南风光，那是汤显祖从未接触过的异乡情调，提供了他撰写《牡丹亭》岭南场景的背景知识。他笔下的男主角柳梦梅就是岭南人士，在广州生活成长的，而女主角杜丽娘则生长在梅关旁边的南安府衙。

汤显祖在文学艺术上的成就，与他自己的人生历验及生命思考是息息相关的。他的戏剧作品呈现了不同角色的世间处境，同时揭示不同人物的自我选择，反映了人物性格、自主意志与生命意义的关系，也间接反映了他自己的理念，一生坚持自我的价值与意义。汤显祖在官场上的坎坷，与他本人的性格狷介有关，更与他性格中永葆艺术想象的天真有关。为了维护自身秉性的纯净，他以自己的身家性命来抗拒俗世的污秽。在他的作品中，权相是批评的主要对象，官场是污浊不堪的场地，这在《南柯记》与《邯郸记》中表现得淋漓尽致。而"至情"人物，坚守爱情与理想的角色，则是汤显祖歌颂的对象，这在《紫钗记》霍小玉身上已经可以看到，在《牡丹亭》中，更是为后世塑造了杜丽娘这一千古不朽的美丽形象。对于人生的狂狷行径，以及对狂狷概念的理解，究竟与文学创作有什么关系，汤显祖在《揽秀楼文选序》中，说得相当清楚，甚至联系到了江西是阳明学的重镇，讲儒家之学，就应该理解狂狷之道，而做文章，也要从中得其真意：

　　夫豫章多美才。江湖之滨，无不猥大。常然矣。顾其中有负万乘之器，而连卷离奇；有备百物之宜，而烂熳历落。总之，各效其品之所异，无失于法之所同耳已。况吾江以西固名理地也，故真有才者，原理以定常，适法以尽变。常不定，不可以定品；变不尽，不可以尽才。才不可强而致也，品不可功力而求。子言之，吾思中行而不可得，则必狂狷者矣。语之于文，狷者精约俨厉，好正务洁。持斤捉引，不失绳墨。士则雅焉。然予所喜，乃多进取者。其为文类高广而明秀，疏夷而苍渊。在圣门则曾点之空窦，子张之辉光。于天人之际，性命之微，莫不有所窥也。因以裁其狂斐之致，无诡于型，无美于幅，峨峨然，沨沨然。证于方内，未知其何如。妄意才品所具若兹，于先正所为同耳求独而致者，或不至远甚。（《汤显祖集全编》，页 1531）

汤显祖虽然谈的是文章之道的"法"，但关键还是在个人的"品"。不同的人，有各异的才具，遵循基本的法度之后，就得发挥个人独特的品质。他特别提到江西是理学兴盛之地，有认真探索思想的环境，对"常"与"变"的关系应该有一种辩证的理解。真正有才之人，在掌握真理的常态之后，必须顺着自己的才具与品格来"尽变"，如此才能尽其才。"才"与"品"是生而具有的，并非后天努力可以达到，引申而言，就是人品的好坏，不由学问或地位的高低决定，是存于自我本体，由自我良知意识做出选择的。基于这样的思想认识，他引述《论语·子路》孔子的话，强调写文章的道理，就是："不得中行而与之，必也狂狷乎！狂者进取，狷者有所不为也。"而他则是偏爱进取狂斐一类，因为"其为文类高广而明秀，疏夷而苍渊"。道德修养与文章狂斐，在汤显祖看来，是一致的。因为政治太浑浊，牵扯太多阴谋诡计，太多压迫残害，难以成就清白的功业。以汤显祖亲历的挫折，以及他对官场贪黩倾轧的深刻观察，在政治领域不可能"得中行而与之"，只好采取狂狷之途径，退隐修德，在文章领域发挥狂斐，为创造想象中的理想世界而立言。

张岱：纨绔一书生

王淼

张岱坦陈，他自幼"极爱繁华"，平生最喜欢漂亮的别墅、妖冶的美女、华丽的衣裳、可口的美食、高大的骏马、神奇的烟花；喜欢结着翠绿铜锈的古物、有着美丽羽毛的花鸟；喜欢藏书，喜欢品茶，喜欢歌舞，喜欢热闹……

明朝末年是一个严酷的时代，政治腐烂，经济崩溃，流民四起，边关告急；明朝末年又是一个奢靡的时代，从贵族到平民都充满了玩世不恭的精神。帝国的北都北京愁云惨淡，帝国的南都南京夜夜笙歌，一方面处处透露着末世败亡的气息，另一方面则是穷奢极欲、醉生梦死。满族的金戈铁马撞击帝国长城的声音已经隐隐在耳，中原流民对帝国的反叛之火亦渐成燎原之势，当此"天柱欲折，四维将裂"之时，似乎人人自知不免，却又人人无力回天，索性以繁华掩饰严酷，焦愁满身而寻片刻之欢。明朝末年又是一个才子辈出的时代，尽管格局不大，却多有全能通识型的才子，比如张岱，笔墨文字自不必说，琴棋书画、梨园歌吹乃至博戏斗牌、斗鸡走狗也无一不精。

张岱，字宗子、石公，号陶庵、蝶庵，祖籍四川绵竹，生于浙江绍兴，自称"蜀人"。张岱出生于明万历二十五年（1597），卒于清康熙十八年（1679），身历明、清易代的全部过程。张岱出身于书香门第、仕宦之家，早年是不折不扣的纨绔公子——张家自有声色癖好的传统，张岱从小纵情于红尘俗世之中，一身兼有纨绔子弟的豪纵习气和晚明文人的颓放作风，他的几个叔叔、堂表亲戚也莫不如此。只是与他们相比，张岱的家境并不像外人想象的那般富有，虽然他的祖父张汝霖身居高位，但他的父亲张耀芳却科场蹭蹬，不事生计，直到五十岁之后才在鲁王府做了一个长史的小官。张岱以为，他家得以维持富裕人家的体面，一靠祖上庇荫，祖父面面俱到的细心安排，更重要的还是靠母亲的辛苦操持与成全。但不管怎样，瘦死的骆驼比马大，张岱从小坐享其成，锦衣玉食，却是一个不争的事实。俗话说，三代出贵族，九代出望族，仅仅有聪明伶俐还远远不够，还要有钱、有闲，张岱之所以成为玩家张岱，家庭出身至为关键。

对于科举，张岱起初并不为意，他没有谋生的压力，科举之于他从不显得多么紧迫。而且彼时的张岱年少轻狂，他总是自诩聪明过人，以为如果自己真正想要，功名就像探囊取物一般容易。如同他的许许多多的爱好一样，张岱喜欢读书，只是因为读书其乐无穷，读书的快乐与功名无关，更不可能在八股文中获得，而更多的是得自灵光乍现与豁然开朗。回味自己早年的读书之乐，张岱兴致勃勃地这样写道："正襟危坐，朗诵白文数十余过，其意义忽忽有省。间有不能强解者，无意无义，贮之胸中，或一年，或二年，或读他书，或听人议论，或见山川、云物、鸟兽、虫鱼，触目惊心，忽于此书有悟，取而出之。"而灵光乍现与豁然开朗最是可遇不可求的东西，或许得自途次邂逅，或许得自色声香味，有时像石火电光，忽然灼露，有时像醉梦之余，忽然相投。正所谓有心栽花花不开，无心插柳柳成荫，"其所遇之奥窍，真有不可得而自解者矣"。

学成文武艺，货与帝王家，乃是当时读书人的不二选择，张岱自然无法逃离科举的樊笼。但让张岱始料未及的是，科举并没有他所想象的那般容易，读书和写作固然是快乐的，却与八股文不是一个路数。更让张岱感到难堪的是，他居然重蹈父亲的老路，除了获得一个生员的资格，一直没有通过乡试。备受打击的张岱不得不重新审视他对科举的认识，他一边痛陈八股取士是"镂刻学究之肝肠，消磨豪杰之志气"，一边感叹研习八股文"心不得不细，气不得不卑，眼界不得不小，意味不得不酸"，以致他的"满腹才华，满腹学问，满腹书史，皆无所用之"。他觉得，只有那种日暮途穷、奄奄待尽的少不更事之辈，才能通过这样的考试。事实上，明代才子有很多科举的失利者，张岱并不是个例，这一方面因为他们的心思全不在此，另一方面，他们其实与科举一道格格不入，因为他们注定不能拾人牙慧，在功名利禄的驱策下去读书、做学问。

毫无疑问，张岱精于享受，是第一流的玩家——对于文人来说，晚明本来就是一个放浪形骸的时代，似乎还没有哪个时代像晚明一样，一下涌现出那么多的风流才子纵情声色，倜傥不羁，以至风雅与时尚、轻狂与嚣张成为一个时代的风气，而张岱可谓适逢其盛，深受这种时代风气的熏染。张岱坦陈，他自幼"极爱繁华"，平生最喜漂亮的别墅、妖冶的美女、华丽的衣裳、可口的美食、高大的骏马、神奇的烟花；喜欢结着翠绿铜锈的古物、有着美丽羽毛的花鸟；喜欢藏书，喜欢品茶，喜欢歌舞，喜欢热闹……张岱在生活方面堪称食不厌精、脍不厌细：品茶，一定要品"真如百径素兰同雪涛并泻也"的兰雪；藏灯，一定要藏"有烟笼芍药之致"的名家制作——其他像操琴、舞剑、蹴鞠、斗鸡之类，张岱也都玩得尽兴、玩得投入、玩得像模像样。

张岱晚年作文回忆前朝的纵情绮思之乐，说是有一个名为包涵所的豪客，专门打造了三艘楼船：一号楼船载歌筵和歌童，二号楼船放书画，三号楼船载侍陪美人。包涵所经常邀请友人乘船出航，哪里好玩就去哪里，每次十天、二十天不等，号称壮游。包涵所还特意修建了一幢"八卦房"，他居住在中间，周围有八间房环绕，且各有帐帷，供他随意开阖，尽收美景。至于张岱族人，在豪奢放逸方面也并不稍让，在张岱幼年的记忆中，张家举办过一场盛大的灯会，"自城隍庙门至蓬莱冈上下，亦无不灯者。山下望如星河倒注，浴浴熊熊"，乃至"山无不灯，灯无不席，席无不人，人无不歌唱鼓吹"，真是盛况空前。崇祯七年（1634）秋，张家又邀请了七百多宾客来蕺山听戏，大家携酒馔，铺红毯，在星空下席地而坐，举座豪饮，尽情狂欢，不知东方之既白——此情此景，竟令人想起发源于美国的伍德斯托克音乐节，虽然规模小了许多，但现场热闹的气氛并无不同。

张岱品藻人物的标准，是"宁为有瑕玉，勿作无瑕石"，他认为"一往情深，小则成疵，大则成癖"，疵与癖乃是真情专注的表现，一个缺少真情、没有真气的假人又有什么值得交往呢？在张岱的笔下，记录了很多疵与癖的人物，像一生桀骜不驯、任性而为的季叔张烨芳等人，尤其是他的堂弟燕客，性之所至，更是"师莫能谕，父莫能解，虎狼莫能阻，刀斧莫能劫，鬼神莫能惊，雷霆莫能撼"。燕客钟情的事物既多且广，爱之不惜毁之。他的痴迷，常常视人间规矩如无物，所以张岱在私下里称他"穷极秦始皇"。就张岱本人而言，他既喜欢热闹，也喜欢安静。某年秋天，张岱去北方探望父亲，将船停泊在金山脚下，已是深夜，但见一轮明月映照在江面上，金山寺隐没在黑黢黢的山林间。张岱踏着月光步入寺内，不觉一时兴起，就让仆从去山下取了灯笼、道具，在寺内唱起韩世忠退金兵的戏来。听到锣鼓喧阗的声音，"一寺人皆起看。有老僧以手背搲眼翳，翕然张口，呵欠与笑嚏俱至。徐定睛，视为何许人，以何事何时至，皆不敢问。剧完，将曙，解缆过江。山僧至山脚，目送久之，不知是人、是怪、是鬼"。

张岱每次去杭州小住，都会在西湖畔赏月，也特别爱看湖畔的赏月之人。江南下大雪的时候非常罕见，一旦逢着大雪纷飞，张岱总是兴奋莫名。有一年，绍兴下了大雪，张岱特地带了五个伶人陪他一起上城隍庙山门，一边饮酒，一边看雪，其中一个伶人唱曲，另一个伶人吹洞箫和之，直到三鼓才尽兴而归。还有一次，张岱携友人雪夜游西湖，他们穿着雪笠，提着火炉，划着小船直奔湖心亭，在雾雪苍茫的湖面上，能够看到的只有上下一白，而"湖上影子，惟长堤一痕，湖心亭一点，与余舟一芥，舟中人两三粒而已"。来到亭上，竟然已经有两人铺毡对坐饮酒，看见张岱，邀来同席，张岱跟他们一起喝了三个满杯才告辞。舟子看到此景，忍不住喃喃自语："莫说相公痴，更有痴似相公者。"读书至此，当同饮一大白！

与艺妓交往，当是明末文人的一大雅好，其中自然少不了张岱的身影。张岱虽然没有生活在当时的风月之都南京，但他与时人一样喜欢流连在秦淮河畔，偎红倚翠亦属当行本色。与张岱交好的艺妓名叫王月生，王月生虽然出身低贱，流落于"朱市"，并不是秦淮河畔的高等艺妓，但她不仅生得面若兰花，还会唱吴曲，且画得一手好画。尤其难得的是，王月生性情文雅，对喜欢的人自是一往情深，对看不上眼的凡夫俗子则连口都懒得开。因为王月生如寒冰傲霜，平素不喜欢与俗人交往，有时即便对面同坐，也像视若无睹，所以，张岱形容她"寒淡如孤梅冷月"。张岱对王月生一直念念不忘，不仅写长诗歌咏之，甚至到了晚年，还在《陶庵梦忆》中撰文回忆自己与王月生的交往过程，一而再，再而三地描摹王月生气质的超凡脱俗与仪态的楚楚动人。

对于张岱来说，风花雪月的日子实在过得痛快，过得逍遥，尽管他没有功名，尽管他学书、学剑、学佛、学仙、学节义、学时文皆不成，甚至被人视为废物、败家子、蠢秀才、瞌睡汉，但那又能如何呢？享受生活、享受人生不也是一种事业吗？如果这样的日子一直延续下去，直到终老，相信张岱一定会心满意足地离开人世，去另一个世界继续过他的幸福生活吧。但好日子终究结束了，1644年，清兵入关，天崩地坼的时代降临，一年之后，江南大部已为清兵占领；张岱的亲朋好友或者阵亡，或者自杀，或者隐逸，或者星散，偌大一个家族在极短的时间内已然凋零殆尽。

明亡之初，年近五十的张岱还是颇想有一番作为的，他主动接近人在绍兴的鲁王监国朱以海，并以"东海布衣"的身份上疏鲁王，分析时局，痛陈时弊，力劝鲁王"立斩弑君卖国第一罪臣马士英"，且自动请缨，欲亲率"一旅之师"去捉拿马士英，其豪情壮志溢于言表。但时隔不久，张岱就看出鲁王并不是他想象中的中兴之主，时局已不可为，遂"辞鲁国主，隐居剡中"。因为走得匆忙，张岱仅带了一些必需的日常用品，以及一部《石匮书》的书稿。而留在家中的财产，包括四十多年积累的数万册藏书则就此尽失。张岱在《陶庵梦忆》序中描述了他隐迹山林的情景："陶庵国破家亡，无所归止，披发入山，駴駴驱为野人，故旧见之，如毒药猛兽，愕窒不敢与接。"张岱曾经屡次想到自杀，而他之所以没有自杀殉国，只是因为《石匮书》尚未写完。

张岱在深山老林中度过了三年隐姓埋名、"駴駴为野人"的生活，其间"瓶粟屡罄，不能举火"的艰难困苦，自然难以尽述。只是靠了"饥饿之余，好弄笔墨"的一念尚存，张岱才顽强地生存下来。三年之后，当张岱返回家中时，房屋地产已为豪强占有，他剩余的家产，不过"破床碎几、折鼎病琴，与残书数帙，缺砚一方而已"，张岱实际上已经沦落到了"上无片瓦存，下无一锥立"的境地。回首前尘往事，张岱以为，自己如今遭受的种种磨难，或许正是对过去奢华生活的一种果报，所谓以笠报颅，以蒉报踵，以衲报裘，以苎报絺，以藿报肉，以粝报粻，以荐报床，以石报枕……总而言之，他过去所享受到的，如今都以各种磨难的方式加倍回报，而张岱能够做到的，只是"遥思往事，忆即书之，持向佛前，一一忏悔"。于是，张岱在写作《石匮书》之余，又先后写下了两部忏悔之书：《陶庵梦忆》和《西湖梦寻》。

由通显之家骤然跌落为普通农户，明朝的灭亡把张岱的人生拦腰截成了两段：如果说放浪不羁的纨绔子弟是张岱的前世，那么颠沛流离、饥寒交迫的落魄书生则是他的今生。正像张岱的好友祁彪佳自杀前所说的那样："山川人物皆属幻影，山川无改，而人生倏忽，又一世矣。"两度人生既让张岱饱尝世态炎凉，也让他对生命的本质有了更加深刻的感悟。张岱把他的前世和今生视作两场大梦，他在《陶庵梦忆》中讲述了这样一个故事：西陵脚夫为人挑酒，不慎失足，把酒坛子打破，脚夫没钱赔偿，就呆坐着思量，这要是梦多好啊！另有一个穷书生考中了举人，正准备去赴鹿鸣宴，却唯恐这不是真的，就咬了一下自己的手臂说："别是做梦吧！"后者唯恐是梦，前者唯恐不是梦，是梦也好，不是梦也罢，人生的结果总是邯郸梦断，漏尽钟鸣。张岱最终感慨地写道："鸡鸣枕上，夜气方回，因想余生平，繁华靡丽过眼皆空，五十年来总成一梦。"

从绚烂归于平淡，躲在快园废墟中叙说前尘旧事的张岱垂垂老矣，他已经是一个真正的乡间老翁了。张岱后悔自己早年只顾着享乐，却连杵臼也不认识，以致"在世为废人"，什么活都不会干。他声称自己活在"七不可解"之中：其一，过去都是从平民努力向上比肩公侯，如今却以世家子弟沦落为乞丐，如此的贵贱错乱让他难以理解；其二，家产不及中等人家，却想追求金谷园一般的奢华富丽，世间自有许多发财的捷径，自己却甘心隐居山野，如此的贫富错乱，让他难以理解；其三，书生上战场，将军写文章，如此的文武错乱，让他难以理解；其四，面对玉帝不谄媚，面对乞丐不傲慢，如此的尊卑错乱，让他难以理解；其五，软弱时可以任人往脸上吐唾沫，强锐时可以单枪匹马踹敌营，如此的强弱错乱，让他难以理解；其六，争名夺利甘居人后，观场游戏肯让人先，如此的缓急错乱，让他难以理解；其七，掷骰子赌钱，不关心胜负，煮水品茶，能分辨出渑水或淄水，如此的智愚错乱，让他难以理解——他把这七种人生的困惑，最后归结为"自且不解，安望人解"，其实还是想以此表明自己的态度——我自是我，任人评说。

张岱曾经不止一次说过，他之所以苟活于世，完全是因为《石匮书》尚未杀青的缘故。他痛感"有明一代，国史失诬，家史失谀，野史失臆"，所以秉持"不顾世情，复无忌讳，事必求真，语必务确”的原则，积数十年之功发奋著史。对于这部史著，张岱“五易其稿，九正其讹，稍有未核，宁缺勿书”，志在为后世留下一部明代的信史。而张岱身后更加引人关注的，则是他不经意间写下的小品文字——张岱的小品文堪称是文字中的神品，自始至终贯穿着“玩”的精神，以小品文花繁叶茂的轻柔来叙说不堪回首的旧梦，以对前尘往事的追忆来抒发自己的历史感和身世感。其间心灵的沉重配以料峭的温煦，勾勒出晚明文化的落日余晖，让人悲泣，令人沉醉，这既是张岱个人性情的写照，也是一个时代没落的缩影。

我常常感喟，古代中国多有正人君子，而殊少性情中人，正是因为在他们身上严肃有余而轻松不足，缺少一种举重若轻的文化个性。而晚明文人对物质享受的沉溺，则养成了他们细腻浸淫的人性生活，其逸乐精神固然是末世享乐主义的体现，同时也未尝不是个人性情的一次大解脱——正是明末的王纲解纽，才使得他们全身放下，任情适性，对传统社会的价值与生活作了一次最彻底的反动。与此同时，文化又是极其脆弱的东西，一种文化情调的培育既非常缓慢，也极有可能毁于一旦，所以，晚明文化的风流蕴藉，很快即被清军的金戈铁马击得粉碎，最终"落了个白茫茫大地真干净"。

清华"四大导师"与北大国学门

刘克敌

在很多读者心目中，只要提及 20 世纪"国学"研究，就会想到当年的清华国学院和"四大导师"梁启超、王国维、陈寅恪和赵元任。既然清华国学院这四大导师影响很大，为何北大没有邀请他们去任教？是没有邀请还是此中有什么隐情？

在很多读者心目中，只要提及 20 世纪"国学"研究，就会想到当年的清华国学院和"四大导师"梁启超、王国维、陈寅恪和赵元任。四大导师执掌国学院虽然只有短短数年，却为清华国学研究的黄金时期，其成就至今令人津津乐道。若各以一字概括清华四大导师，则梁启超之学"博"，王国维之学"精"，陈寅恪之学"深"，赵元任之学"杂"，当然，说赵元任之学"杂"绝无贬义，只是说他在很多学科都有重大发明。虽然最终他选择了语言学，但假如选择其他领域，所取得成就未必不如语言学。在某种意义上他们的影响早已超出学术界范围，而成为 20 世纪中国文化精神的象征和富有生命力的文化符号了。他们的影响如此之大，以至对 20世纪中国学术发展史不甚了解者，会忽略彼时北京大学其实也有专门的国学研究机构，那就是北大研究所国学门，不仅它1921年的成立时间远早于清华国学院，所取得学术成就不亚于清华国学院，而且它也有一批学术成就和声望不亚于四大导师的研究群体：蔡元培亲自兼任研究所所长，国学门主任是沈兼士——系章太炎弟子、沈尹默之弟，既获蔡元培支持，背后更是有章门弟子群体这一雄厚的学术资源。国学门成员则有胡适、李大钊、马裕藻、朱希祖、钱玄同、周作人、鲁迅、蒋梦麟、刘复、沈尹默等，每一位都堪称学术大师。对北大国学门的有关情况，台湾学者陈以爱的《中国现代学术研究机构的兴起——以北大研究所国学门为中心的探讨》有专门研究。该书依据大量第一手资料，对国学门的成立和发展以及在中国现代学术史上的地位等都作了较为系统的总结。

本文无意探讨北大国学门之历史和学术成就特色，只是藉此引出一个问题——既然清华国学院这四大导师影响很大，为何北大没有邀请他们去任教？是没有邀请还是此中有什么隐情？

清华四大导师中以梁启超名气最大、年龄最长、资格也最老，他和北大的关系也最源远流长。早在戊戌变法时期，康有为和梁启超出于维新改良之目的，就奏议创办京师大学堂（后被称为"戊戌大学"），而戊戌变法重要内容之一就是创办京师大学堂（即北大的前身）。1898 年 6 月 11 日，光绪帝颁布《明定国是诏》宣布变法，成立京师大学堂即其中重要内容，此变法诏书仅有三段，却用整整一段谈创办京师大学堂："京师大学堂为各行省之倡，尤应首先学习，着军机大臣、总理各国事务王大臣会同妥速议奏，所有翰林院编检、各部院司员、大内侍卫、候补候选道府、知县以下官、大员子弟、八旗世职、各武职后裔，其愿入学堂者均准入学肄习，以期人材辈出，共济时艰，不得敷衍因循徇私援引，致负朝廷谆谆告诫之至意。"变法开始后，由于康有为忙于其他事务，即由梁启超起草《奏拟京师大学堂章程》，这就是北京大学历史上第一个章程，也是中国近代高等教育史上最早的学制纲要。这个《奏拟京师大学堂章程》对后世影响极大，诸如其中提出的"兼容并包""中西并用"等思想，显然对蔡元培后来执掌北大之教育理念产生重要影响。此外，其中提出的重视师范教育，重视基础学科与专门学科相结合以及要破格选拔人才等，都为 20 世纪中国高等教育制度的设立和发展奠定了坚实基础。在这个意义上，说梁启超是北京大学的孕育者或最初设计者毫不为过。

在总理衙门将梁启超制定的这一章程呈报光绪后，光绪阅后认为"纲举目张，尚属周备"，当即下旨"即着照所议办理"，梁启超也因此被赏给六品衔。不过戊戌变法失败后，康梁等人出走海外，自然无法参与京师大学堂的创办。但值得庆幸的是，慈禧虽然终止了很多变法措施，却没有撤消筹办京师大学堂，反而在发动政变后五天即下旨认为"大学堂为培植人才之地"，虽要求暂时整顿，却一再令官学大臣孙家鼐抓紧开办。后因义和团兴起和八国联军入京等，京师大学堂被迫停办，直至 1902 年才重新开学。不过，这期间直到辛亥革命爆发，长期流亡海外的梁启超和京师大学堂（北京大学）基本没有联系。民国成立初年，梁启超把更多精力投入政治，虽然曾到北大讲座数次，却并未真正介入北大的日常教学工作。在袁世凯去世后，梁启超更是深深介入北洋军阀的内部纷争，更无精力投入教育。直到 1917 年孙中山发动护法战争，段祺瑞政府倒台，梁启超也随之结束了从政生涯，才开始把精力放在文化教育和学术研究活动领域。也正在这期间，伴随着大批章太炎弟子进入北大和桐城派受到排挤以及蔡元培执掌北大，曾担任国民政府司法总长等要职的梁启超自然不会满足于担任北大教授。对梁启超而言，只要他提出想到北大当教授，北大自然求之不得，所以其实还是他自己不想去或不屑去。而且这种想法不仅仅梁启超个人有，彼时如章太炎、罗振玉、王国维及稍后的马一浮等，都不愿到大学任教，一个重要原因就在他们自视甚高，骨子里仍看不上源自西方的现代大学，而学术门派的因素自然也有。

至于王国维，不仅和北大及其前身京师大学堂一直颇有渊源，而且有一段时间就是北大的教员，正式身份是"通讯导师"，且还拿过薪水。早在1906年，王国维就写了《奏定经学科大学文学科大学章程书后》一文，对张之洞主持的这个章程取消了哲学学科给予严厉的批评，并提出了哲学就是具有"无用之用"的学科，"哲学之所以有价值者，正以其超出乎利用之范围故也"以及追求"学术自由"等深刻见解。尽管王国维当时人微言轻，不过是《教育世界》的小编辑，所以这篇文章并未产生广泛影响，但文章本身的思想深度和远见卓识足以令该文进入中国思想史，而王国维也以此种方式体现了他对京师大学堂最早的关注。此后大概在1910年，罗振玉曾向京师大学堂总监督刘廷琛举荐王国维任该校文科教习，但未能成功，原因也许和王国维资历不够有关。

王国维真正进入北大欲聘请任教的视野，是在1917年蔡元培任北京大学校长后。此时的王国维，因一系列开创性研究成果跻身国内一流学者之列，自然引起蔡元培的注意，即多次欲聘请王国维到北大。从1917年到1922年，据说北大五次邀请王国维来任教，均遭拒绝。这第一次邀请是发生在1917年，彼时王国维在写给罗振玉的信中说："前日蔡元培忽致书某乡人，欲延永（永为王国维自称，为其号'永观'之简）为京师大学教授，即以他辞谢之。"对此罗振玉复信表示："至北京大学，公谢不就，弟甚谓然。"之后几次，北大方面也是极为认真，态度极为真诚，但均遭到拒绝。与此同时，北大方面也在邀请罗振玉，但也是遭到谢绝。1918

年6月4日《北京大学日刊》刊登了罗振玉致蔡元培校长的信，即等于公开谢绝邀请：

> 鹤卿先生阁下：
>
> 　　昨在春明得亲尘教，十年之别，一朝握手，喜可知也。先生主持国学，领袖群伦。在昔济南遗老存遗经于将绝之余；北海鸿儒传圣学于炎刘之末。以今方古，先后同揆。弟忧患余生，饰巾殆尽，乃承不弃，令备教员。闻命之余，亦深愧恧。盖即槁之木，宜见弃于匠人；而爨下之才，忽鉴赏于君子。再四思维，唯有敬谢。加以还移匪易，又第四儿妇病瘵甚危，计欲送之返国。又虑中途或生意外，方寸乱矣，衰病为增。凡此情形，悉非虚饰。尚祈鉴宥，许以避贤。临颖主臣，言不尽意，此请著安，诸维照鉴弟振玉再拜。

不过，从有利于学术研究的角度，罗振玉知道如果能够进入政府官办大学或与其合作，会有更好的条件和机遇，所以他并未完全拒绝北大，在给王国维的信中他就写道，"北（京大）学事，弟意兄可谢其行北行，而意在沪撰述则可，如此可行可止（以哈园信复，弟不甚同意，但以眷属书卷在沪，不能北上为词可矣）。弟则为条议一篇以塞责。蔡之宗旨，与我辈不合，其虚衷则可嘉，故处之之法，如此最妥。"显而易见，罗振玉和王国维不愿到北大，最根本原因仍在于他们不能认同蔡元培的办学思想，但适度合作倒可以考虑。

在这种情况下，北大在决定成立国学门研究所后采取了更为灵活的策略，即邀请王国维担任国学门的"通讯导师"，并由马衡具体操办此事。1920 年底马衡写信给王国维，"大学教席先生坚不欲就，而同人盼望之私仍未能已。拟俟研究所成立后先聘先生为通讯研究之教授，不知能得同意否。"王国维虽未谢绝，也未立刻接受："来书述及大学函授之约，孟劬（即张尔田）南来亦转达令兄雅意，惟体稍孱，而沪事又复烦赜，是以一时尚不得暇晷。俟南方诸家书正顿后再北上，略酬诸君雅意耳。"事实上，此事最后仍不了了之。不过北大方面仍未死心。1922 年北大召开研究所国学门委员会第一次会议，还是决定邀请王国维为通讯导师。会后马衡写信给王国维："大学新设研究所国学门，请叔蕴先生（即罗振玉）为导师，昨已得其许可。蔡元培先生并拟要求先生担任指导，嘱为函恳，好在研究所导师不在讲授，研究问题尽可通信。为先生计，固无所不便；为中国学术计，尤当额手称庆者也。"之后数日再次致信并且说罗振玉已经同意，暗示王国维也该同意了。为此北大方面也不断和罗振玉联系，请他帮助说服王国维。如罗振玉写给王国维的信中就这样写道："北京大学又理前约，弟谢之再三，乃允以不受职位，不责到校，当以局外人而尽指导之任，蔡、马并当面许诺。因又托弟致意于公，不必来京，从事指导。"在这种情况下，王国维一方面感受到北大持续多年的诚意，一方面又有罗振玉的劝说，才勉强接受担任"通讯导师"一职，但拒绝拿薪水。后北大方面改变解释，把薪水说成是邮资——既然是通讯导师，则往来书信必不可少，邮资之说也就顺理成章，王国维才接受了两百元的"邮资"。

自然，对于一贯坚持"无功不受禄"的王国维而言，既然担任北大导师，就要名副其实。针对国学门请王国维为学生提供研究题目一事，王国维在写给沈兼士的信中给出了建议，此信后刊登于 1922 年 10 月 27 日的《北京大学日刊》："前日辱手教，并嘱提出研究题目。兹就议事鄙见所及，提出四条。"这四条题目为：一、《诗》《书》中成语之研究。二、古字母之研究。三、古文学中联绵字之研究。四、共和以前年代之研究。而且王国维对每一条研究内容都有详细的说明。

王国维不仅提供研究题目，而且对参与相关题目研究的学生给予认真负责的指导。查王国维有关年谱可知，这一期间，王国维为指导学生研究，不断给学生写信，内容极为具体细致。比如对于联绵字的研究："联绵字取材之处，须遍四部，先以隋以前为限。好在五君共同研究，可以分担经、史、子、集四部。就一部分中每阅一书，即将其中联绵字记出（*并记卷数，以便再检*）；其有类似联绵者，亦姑记之，后再增删、汇集、分类。"此外，王国维还为国学门的研究献计献策，俨然以其成员自居了。例如 1922 年 12 月，他写信给马衡，建议北大国学门设立满、蒙和藏文讲座，认为这是"我国所不可不设者"。否则学术研究无法与世界各国看齐。

1923 年 4 月 16 日（农历三月初一日）王国维接到溥仪的旨意，任职南书房，并于 5 月 31 日到北京，他和北大的关系就此可以有更直接的关联。同年，王国维的论文《五代监本考》及一篇翻译论文在《国立北京大学国学季刊》第一卷第一号发表。与此同时，王国维也更多介入北大国学门组织的一些活动，甚至传言北大有意聘请王国维为国学门主任。按照正常的发展趋势，在此基础上他很有可能成为北大国学门的正式教员。遗憾的是，一件意外之事的发生让王国维对北大之前的好感顿失，并中断了和北大的一切往来。

原来，1924 年被赶出故宫的溥仪为了维系旧日生活水平及归还拖欠债务，与大陆银行商定以抵押方式将一批清宫文物作价八十万元交给银行，等于是把这些文物卖掉。该事件一经媒体披露，舆论大哗，社会各界一致认为这些文物属于国家，清室无权自行处理更不能倒卖。为此北大国学门发布公函，强烈要求民国政府收回故宫文物，并加以保管："据理而严，故宫所有古物，多系历代相传之宝器，国体变更以来，早应由民国收回，公开陈列，绝非私家什物得以任意售卖者可比。……为此函请将此事递交国务会议，派员清察，务须将倒卖主名者向法厅提起诉讼，科以应得之罪。"王国维彼时依然视溥仪为满人皇室的代表，对国学门这样做法自然极为反感。更让王国维无法忍受的是这个公函中有对溥仪的侮辱之语，对此钱玄同在日记中这样写道："叔平谓王国维因研究所对于大宫的事件之宣言中有'亡清遗孽盗卖文物'之语，且直称溥仪之名，大怒，于是致书沈、马。大办国际交涉，信中有'大清世祖章皇帝''我皇帝'等语。阅之甚愤，拟遗书责之。因偕叔平同至其家阅之，果然。王并大掼其纱帽，说研究所导师不干了，前送登《国学季刊》之文亦非收回不可。但马意似主挽留，将于明日讨论此事，我姑缓之。"从钱玄同日记看，他对王国维此举甚是不以为然，还想写文章批评，由此可见章门弟子和王国维、罗振玉等人的微妙关系。其实，作为章门弟子的老师，章太炎对罗、王二人乃至他们的研究成果如甲骨文，也是一直给予轻视乃至否认态度的，倒是黄侃、钱玄同和鲁迅等对甲骨文给予重视，而对罗、王的愚忠情结，自然是要进行批判的。

在王国维一面,出于愤怒,当年8月11日他致信沈兼士、马衡:"弟近来身体孱弱,又心绪甚为恶劣,所有二兄前所嘱研究生至敝寓咨询一事,乞饬知停止。又研究所国学门导师名义,亦乞取消。又前胡君适之索取弟所作《书戴校水经注后》一篇,又容君希白(容庚)抄去金石文跋尾若干篇,均拟登大学《国学季刊》,此数文弟尚拟修正,乞饬主者停止排印,至为感荷。"王国维放弃导师名义和撤回拟在《国学季刊》刊登所有稿件的举动,说明他决心断绝和北大的一切关系。

与此同时清华国学院的开办也已提上日程,而王国维最后走向清华,和胡适的推荐以及吴宓极其尊重的邀请行为有关,和王国维的经济状况恶化有关,更和溥仪的下诏有关,对此已有很多评述,不赘。

至于陈寅恪和赵元任,虽然也曾有机会任教北大,却阴差阳错最终还是到了清华,也只能说是和北大的缘分未到罢。整体而言,陈寅恪到清华,吴宓出力最多,而赵元任之任教清华,则和张彭春有关,后者是和胡适、赵元任同年留学美国的同学,私交很好,自然对聘请赵元任事全力以赴,加之赵元任彼时早已获得哈佛博士学位，彼时学术声望其实超过没有任何学位的陈寅恪，所以赵元任被清华聘任，基本上很是顺利，而陈寅恪的被聘过程则有些曲折，吴宓在日记中所谓"介绍陈寅恪来国学院，费尽力气"的抱怨之语，确实真实无误。

如今人们多以为陈寅恪入清华顺理成章，岂不知当初他留学回国后也有可能去北大任教，因他早在1920年留学美国时就曾向北大借款一千元，而北大同意借款的条件就是陈寅恪将来要到北大任教，此事见于北大所设教授评议会之"议事录"，时间为1920年4月30日。朱希祖当时为北大史学系主任同时也是评议组成员，出席了此次评议会，议决通过"陈寅恪借款一千元，将来于北大服务时扣还"等事项。至于陈寅恪后来是否归还此款以及如何归还，限于史料尚无定论。

北京大学当年同意借款给陈寅恪，事后看来是很有远见的做法。1924年，北大派出赴德国留学的毛准、姚从吾要求增加留学经费，对此北大召开评议会讨论。朱希祖出席了这次会议，并建议适当予以增加资助，最终会议采取了朱希祖的建议，但要求他以史学系主任身份督促两位留学生按时提交留学情况的报告。之后不久，姚从吾果然写信给朱希祖，不仅汇报了自己的学习情况和经济状况，还特意介绍了和他们同时留学之四位中国学生陈君枢、孔繁霱、罗家伦和陈寅恪的情况，对其他三位都仅有一句话，只有对陈寅恪，姚从吾用了数百字进行详细介绍，对陈寅恪的学识和为人给予很高评价："陈君寅恪。江西人，习语言学，能畅读日、英、法、德文，并通希伯来、拉丁、土耳其、西夏、蒙古、西藏、满洲等十余种文字。……陈君欲依据西人最近编著之西藏文书目录，从事翻译，此实学术界之伟业。陈先生志趣高洁，强识多闻，他日之成就当不可限量。"显然，姚从吾的介绍会让朱希祖对陈寅恪有深刻印象，加上早在 1920 年北大就资助过陈寅恪购买书籍，所以对陈寅恪将来是否能够到北大任教，应该是没有疑义，而他到北大最可能去的地方就是国学门或史学系，也可能是计划成立的东方文学系。但从现存史料看，似乎没有这方面的记录。

从时间角度看，北大召开这次评议会的时间是在 1924 年 5 月 9 日，而仅仅半年后，吴宓就从沈阳东北大学来到清华，开始筹备清华国学院事宜了。在清华国学院师资的人选方面，除了梁启超、王国维，吴宓很自然想到的导师就是陈寅恪，从吴宓日记看，早在1924年2月14日，吴宓日记中就出现了为陈寅恪来清华事的文字："昨与Y.S及P.C谈寅恪事，已允"，这里的两个代号分别为校长曹云祥和教务长张彭春，说明此事已经进入实际运作状况。为了介绍陈寅恪，吴宓不止一次向校长曹云祥推荐，为此还怪罪张彭春对此设置障碍。限于史料无法获知张彭春是否对聘请陈寅恪不甚积极，但如果在赵元任和陈寅恪二人之间做出选择，张彭春当然会选择前者。加之陈寅恪曾表示要清华出钱买书，又不能立刻就聘，所以他的被聘多少有些不确定因素，这就是吴宓日记中有时也要抱怨几句的原因——他担心此事如不能运作成功，既是清华的损失，也是陈寅恪的损失，毕竟清华当时给出的条件极为优越，而所谓的"四大导师"之名，也等于立刻赋予这四人在学术界的权威地位。

此外，赵元任当年被清华国学院聘任之前也有可能先被北大所聘的，因为早在1919年3月蔡元培就给赵元任写信，要他到北大教授哲学，并答应他可以先到欧洲进修考察一年。当年 4 月，中国教育代表团到美国，时在北大任教的陶孟和教授就代表北大正式请赵元任到北大任教，却被后者婉言谢绝。而后到 1921 年，北大教授评议会也曾讨论通过将教育部每月拨给北大筹办音乐系的 280 元经费，"资助赵元任博士往欧美留学，两年以后，始实行开办"，这次评议会召开时间为 1921 年 3 月 2 日。据《赵元任年谱》，当时是蒋梦麟校长答应赵元任以赴美进修生身份领这笔钱的，其实赵元任彼时早已拿到博士学位。不过，后来北洋教育部经费困难，此款项被拖欠未发，致使当时已在美国的赵元任经济上一下陷入危机，尽管这不是北大的责任，但还是会让赵元任对北大产生不好印象。加之毕竟清华是当初送赵元任留美的母校，又有张彭春等人的极力推荐和热心操作，所以赵元任自然会到清华任教。

最后，说到这"四大导师"的称谓，其实最初不但没有这个提法，而且清华在对外发布的招生广告中，竟然称他们四位为"讲师"。查 1925 年 3 月 15 日《申报》，在"北京清华学校招考研究院学员广告"中就有"国学一科已聘王国维梁启超赵元任陈寅恪诸先生为讲师"这样的说法，可见当时尚未确定这四位称号是"讲师"还是"导师"或"教授"。此外据赵元任夫人杨步伟回忆，他们一家刚到北京准备任教清华时，张彭春和梅月涵立刻来他们住处看望。张彭春对杨步伟说："你们这四位大教授我们总要特别伺候，梁任公、王国维都已搬进房子，现在就等元任和陈寅恪来。"而且不仅张彭春这样说，校长曹云祥也这样说。后来人云亦云，人们就把"四位导师"和"四大教授"混为一谈并自由组合，也就有了所谓的"四大导师"之说。而在具体教学过程中，也确实有这四位导师的课程不仅学生听，而且很多教师也跟着听的现象，吴宓对于陈寅恪的课程更是几乎每次都听，这无形中加强了世人对所谓"教授之教授"说法的认同，而"四大导师"之说也就更加广为流传。

不过有一点可以肯定，当时并无对清华国学院四位导师进行宣传炒作的想法，而清华之所以聘请四位而不是五位，除却经济上的考虑外，也有一些偶然因素。中国传统文化本就有一些以"四大"开头的成语或俗语，如"四大天王""四大名旦"等，所以称他们为"四大

导师"也就很是顺口和自然。相比之下，北大国学门虽
然也有不少大教授，却并未形成一个朗朗上口的说法或
称号，也就不利于人们加深对他们的认同和敬仰。至于
清华国学院诸位导师和北大国学门诸位成员的一般人际
交往关系，其实倒是比较融洽，例如陈寅恪、吴宓和朱
希祖、胡适，他们日记书信中不乏一起吃饭喝茶的文
字。吴宓可以对胡适提倡新文化撰文攻击，但在公开场
合他们见面都还是谈笑风生，这大概就是所谓的"君子
之交"，至少他们的日常交往还是遵循起码的礼仪道德
规范。至于日记本来就是私人记录，就是为发泄个人情
感而准备的形式，当然不必要求过高。

斯蒂芬·科列斯尼科夫

（Stepan Fedorovitch Kolesnikoff 1879 —1955）

出身农家的乌克兰油画家。1896 年被选中参加全俄展览，获得奖学金得到免费教育的机会。他以最质朴的笔调描摹大自然，色泽明丽典雅，大量的雪景被赋予蓬勃的生命力。那种极为淳朴的创作热情以及真挚的创作情感——对祖国、民族、人民的热爱，总能让观者体会到一种独特的温暖和感动。

斯蒂芬·科列斯尼科夫
Stepan Fedorovitch Kolesnikoff

1924年的北京大雪

张诗洋

同月发表的这两首诗歌，有着根本性的差异。如果说徐志摩《雪花的快乐》是具象的、浪漫的、无所顾忌的，那么鲁迅的《雪》则是抽象的、冷峻的、意有所指的。虽则都是对于生命的思考，却透露着作者迥异的艺术特点和审美风格，从中可见二人此后"道不同不相为谋"的内在根由。

1924 年末的北京很冷，清华学堂教务长张彭春在 12 月 30 日的日记里，写下了这样一段意味深长的小诗：

大雪！

纯美的雪！

雪说：

你必须写。

大雪纷纷扬扬落下，持续了一天一夜，北京一派银装素裹。张彭春赞美雪的纯美，并借大雪之口说出"你必须写"。但十八岁就出国留洋的张彭春其实并不擅长中文诗歌创作，在他的日记《日程草案》里，他时常痛恨自己不能娴熟驾驭文字，以至于在清华任职期间，其改革观念因为不擅记录、发表而"被人剽窃"。一般书信、公文尚且令他为难，更遑论创作诗歌。所以，这首勉强押韵的四句小诗写得直白，甚至显得有些戏谑。大雪要求"你必须写"的"你"，恐怕不是张彭春对自己的指称，而是另有所指。

认清方向的志摩君

年末岁尾，张彭春依然忙碌得很。12月16日，同学胡适生日，张彭春前往贺寿。日记载，他当晚"宿石虎胡同"。石虎胡同七号的好春轩，即是挚友徐志摩在北京的住处。22日，回天津，见丁文江，商谈清华校事。次日，见清华校长曹云祥。25日，访前校长周诒春。27日下午，陈独秀组织"年终俱乐会"，张彭春因事未能出席，错过了"与校人联络的机会"。到了12月28日，"志摩请午饭"。

在张彭春年底访见的朋友中，徐志摩与他最为要好，仅1924年末，他们已经聚会两三次了。后来，在徐志摩与陆小曼热恋时，有次徐志摩拜访张伯苓、张彭春兄弟，忽然要找纸和笔来写信。张伯苓问他写给谁，徐志摩答曰："不相干的人。"张彭春却了然在怀，打趣道："顶相干的!"待徐志摩与陆小曼筹备婚礼时，想邀请老师梁启超担任证婚人，还是张彭春去找梁启超说情，梁才勉强答应出席。张、徐二人惺惺相惜，亲密程度可见一斑。张彭春对徐志摩话里有话的调笑，与日记里把大雪拟人化的幽默如出一辙，让人不禁联想，张彭春是否因为频繁与志摩君见面而受到鼓励尝试写诗。徐志摩也的确创作过与雪有关的诗歌，即是那首著名的《雪花的快乐》：

> 假如我是一朵雪花，翩翩的半空里潇洒。我一定认清我的方向——飞扬，飞扬，飞扬，——这地面上有我的方向。……在半空里娟娟的飞舞，认明了那清幽的住处，等着她来花园里探望——飞扬，飞扬，飞扬，——啊，她身上有朱砂梅的清香!

……徐志摩仿佛化身那一朵雪花，自由、飘逸，在半空中寻找自己的方向。《雪花的快乐》写于1924年

12 月 30 日，发表于次年 1 月 17 日的《现代评论》。果然，正是张彭春日记里所记的 12 月 30 日那场雪。用徐志摩自己的话，他胸中的诗情"不分方向地乱冲"，如同最早写诗那半年一样，徐志摩感受到一种伟大力量的震撼，"意念都在指头间散作缤纷的花雨"，"绝无依傍，也不知顾虑"（徐志摩：《〈猛虎集〉序》）。可以想见，张彭春与徐志摩聚在一处共同赏雪，张彭春见证了徐君诗兴大发，也促成了徐志摩诗中"最完美的一首诗"（朱湘：《评徐君〈志摩的诗〉》）。

英国留学归来的徐志摩，与美国博士毕业的张彭春志趣相投，共同组织成立了日后红极一时的文艺社团"新月社"。"新月社"的得名，其实来自张彭春的提议。1923 年 11 月 10 日，张彭春二女儿出生，他因极崇拜印度诗人泰戈尔，并且当时正筹备泰戈尔访华事宜，便用泰翁诗集《新月集》之名，为女儿取名"新月"。这名字寄托了张彭春对新生儿的期待，也及时地宽慰了他因大女儿明明在归国途中生病、落下后遗症的终身遗憾。张彭春又将"新月"这个名字推荐给徐志摩等聚餐会成员，大家欣然接受。徐志摩进一步阐述"新月"的寓意——"虽则不是一个怎样有力的象征，但它那纤弱的一弯分明暗示着、怀抱着未来的圆满。"（徐志摩《新月的态度》）的确，回国不久的徐志摩此时也正在寻找自己的方向，他希望集合一些"对于文艺有兴趣"、志同道合的朋友，组成社团，"每两星期聚会一次"，使成员之间得以"互相鼓励"。这便是新月社的前身。1924年，泰戈尔访华，新月社排演诗剧《齐德拉》。张彭春任导演，徐志摩是主演之一，交往密切。作为美国克拉克大学的校友，张彭春从徐志摩身上"觉出一种特别的力量涌出来"，每每见面总被他宽厚温雅的人格魅力鼓舞。徐志摩也十分珍视其与张彭春的情谊，他说自己对于话剧只是一介摇旗呐喊的小兵，真正在行的，"只有张仲述（彭春）一个"。后来，张彭春为陪同梅兰芳访美、出国讲学做准备。徐志摩得知，取书以赠，并记下了一些交往点滴以及由此而起的"伤离别"：

> 尘世匆匆，相逢不易。年来每与仲述相见，谈必彻旦，而犹未厌。去冬在北平，在八里台，絮语连朝。晨起出户，冰雪嶙峋，辄与

相视而笑。此景固未易忘。……濒行，无以为
旅途之贶，因检案头《寐叟题跋》次集奉贻，
以为纪念。愿各努力，长毋相忘。（据黄仕忠
《偶遇徐志摩》辑录）

两人畅谈通宵达旦，至晨起出户时，"冰雪嶙峋，
辄与相视而笑"，此情此景，不足为外人道也，却真令
两位知心人难以忘怀。

"坚硬灿烂"的鲁迅先生

1924 年观看新月社《齐德拉》演出的鲁迅先生对
剧作者泰戈尔访华颇有微词，对于主事者徐志摩也并不
欣赏。他在《集外集序言》里明说："我更不喜欢徐志
摩那样的诗，而他偏爱各处投稿，《语丝》一出版，他
就马上来了，有人赞成他，登了出来，我就做了一篇杂
感，和他开一通玩笑，使他不能来。"有趣的是，与徐
志摩《雪花的快乐》差不多同时，鲁迅于 1925 年 1 月
18 日创作了散文诗《雪》，并发表在 1 月 26 日的《语丝》

上。据曾任晚清军机大臣的那桐的日记，1924 年 12 月 30 日，北京下起大雪，"卯刻落雪至午刻止，天仍阴，入夜大雪至天明止"。此前的 12 月 17 日，只有早上飘了一丝"微雪"，不符合鲁迅笔下所谓"朔方的雪"。此后两个月间，北京均"晴和"，未再降雪。也就是说，鲁迅和徐志摩诗中所写的，均是 1924 年 12 月 30 日那场雪。

同月发表的这两首诗歌，有着根本性的差异。如果说徐志摩《雪花的快乐》是具象的、浪漫的、无所顾忌的，那么鲁迅的《雪》则是抽象的、冷峻的、意有所指的。虽则都是对于生命的思考，却透露着作者迥异的艺术特点和审美风格，从中可见二人此后"道不同不相为谋"的内在根由。查《鲁迅日记》1925 年 1 月 16 日记："夜赴女师校同乐会。"除了自然气象意义上的大雪，这次同乐会也成为鲁迅创作《雪》的动因之一（*李哲《"雨雪之辩"与精神重生——鲁迅〈雪〉笺释》*）。这天是周作人四十岁生日，周作人到女师大参加"同乐会"。而鲁迅同日亦赴"同乐会"，失和的兄弟二人极有可能在会场尴尬地见了一面。待 1 月 18 日（*农历小年*），为周作人庆生的孙伏园等人又去鲁迅家中拜访。同日晚间，诸友散去，鲁迅便写下了"野草之八"——《雪》。

在对"雪"的凝视中，鲁迅保持一贯的横眉冷对的风格，拿"雪"与"雨"做对比。联系到周作人曾写过散文《苦雨》、把"苦雨"题为书斋名，自称"苦雨翁"，并被时人誉为"博识"，而这些恰恰都在《雪》中出现了，就不难理解鲁迅笔下雨雪之间的比照、较量，正是周作人与鲁迅人格差异的折射。雪冰冷、坚硬、孤独，却也灿烂。鲁迅不留情面地写道，"雪是死掉的雨，是雨的精魂"，笔笔诛心，掷地有声。鲁迅的怒视不无道理，也包含着对混乱时局的忧思。这场大雪的第二天，重病缠身的孙中山北上，重申了《入京宣言》中宣称的"救国论"，而具体手段则是与"老敌人"段祺瑞合作——他乐观地把段祺瑞当作反对袁世凯称帝的爱国军人。以后见之明来看，这个策略注定会失败。两个多月后，孙中山逝世，段祺瑞召开善后会议，目的是争取包括军阀、政客、文人在内的各界支持，存续北洋军阀的统治寿命。此时的中国，军阀走马灯一般地轮流登场，任何一派都无法弥合派系之间的利益冲突，更无力统一全国。北京将落入谁手，中华又将何去何从，成为飘零时代里知识分子内心的困局。

"北漂"青年沈从文

寻找方向的，还有从湘西走来的沈从文。他化名休芸芸，在《晨报副刊》的一篇文章中写道："我坐在这不可收拾的破烂命运之舟上，竟想不出法去做一次一年以上的固定生活。我成了一张小而无根的浮萍，风如何吹——风的去处，便是我的去处。"（沈从文《一封未曾付邮的信》）

1923年，二十一岁的文学青年沈从文从湘西来到北京，希望能考取大学。不难想象，仅有小学文化程度的沈从文会在求学路上遭遇什么。他坚持创作，并把作品寄给当时的主流报刊，在穷困潦倒中等待着被发现。努力过后，沈从文报考清华、燕京大学等院校都失败了，好不容易被中法大学录取，却最终因为交不起每月二十八元的膳宿费而未能入读。沈从文成为一个名副其实的"北漂"。沈从文不得已给素未谋面的郁达夫写了一封求助信。这位文坛前辈甫一登场，就被认为用小说创造了一个"完全特殊的世界"，"吹醒了当时的无数青年的心"（郭沫若《论郁达夫》）。1924年冬，郁达夫冒着大雪，去沈从文的"窄而霉小斋"看他。寒冬腊月，沈从文还穿着单衣，见此情景，郁达夫抖了抖自己羊毛围巾上的雪片，给沈从文戴上。又请他吃饭，把结账找回的三元二毛钱留给沈从文。雪中送炭的温暖，让沉在深渊谷底的沈从文看到了希望。

正如沈从文没有想到郁达夫的"雪日造访"，令他同样意想不到的是，郁达夫在见面后，竟专为沈从文写了篇鸣不平的"檄文"。这篇《给一位文学青年的公开状》亦刊登在《晨报副刊》上，一经发表就引起社会强烈反响，也彻底改变了沈从文的命运。郁达夫随即介绍《晨报副刊》的编辑，为沈从文提供发表习作的机会。他还引荐沈从文与自己杭州府中学校的老同学徐志摩相识。1925年，徐志摩应陈博生、黄子美之邀，正式担任《晨报副刊》的主编，开辟新月社的又一阵地。沈从文这一时期在《晨报副刊》上发表的文章多达五十余篇，尤其在第五十期（1925年11月）上一连发表了《市集》

《水车》《玫瑰九妹》等六篇作品。主编徐志摩特别
在《市集》后写了一段欣赏语，表达对沈从文的推崇和
赏识。

沈从文走上了文坛，虽然起步时经历了穷苦潦倒，
却在 1924 年那场雪之后，因郁达夫、徐志摩的鼎力相
助成功"突围"。然而，在其后的一系列论争中，不论
是鲁迅以"第三种人"为由将沈作排斥在"中国新文学
大系"之外，还是 20 世纪 30 年代众人批判他"不写阶
级斗争""缺乏爱憎分明的立场"，以及抗战时期与左翼
作家关系恶化，沈从文几乎每一次都站在了对立方向，
被列为批判对象。沈从文围绕在徐志摩周围，却未曾加
入新月社。1931 年，徐志摩乘坐的飞机失事，灵柩暂厝
于济南福缘庵。沈从文闻讯立即前往，为年仅三十六岁
的徐志摩送行。随后几个月间，沈从文多次致信胡适，
商量如何处理徐志摩的生前资料，后来又一再写文章
缅怀这位"没有一个别的师友能够代替"（**沈从文《友
情》**）的天才诗人。此是后话。

1924 年的大雪，映照了当时几位年轻人不同的文
艺观和方向感。在《雪花的快乐》发表后的第三年，徐

志摩写下同样著名的《我不知道风》，显然与此前飞扬、潇洒的形象不同，似乎也有些"坚硬"和"孤独"。原本可以"先不问风是在哪一个方向吹"（徐志摩《新月的态度》）的平静被打破，正预示着飘摇年代的风向瞬息变换，各种"主义"此消彼长。不过，激荡年代里的文人们，从"时代的破烂"里规复人生的尊严与方向，靠着从生命内核里供给的信仰、忍耐，抱团取暖，或者踽踽独行。

学术大佬和宝贝学生

周立民

钱锺书对老师无非是借书评微讽，是忍不住开开玩笑，而周作人则直接炮轰老师，来个《谢本师》，主动跟老师拜拜，而且登载在公开发行的杂志《语丝》上，等于昭告天下。

大学，常常被想象成"象牙之塔"，有多高且不论，尘世的风沙好像是吹不进这里，它如象牙一样洁白无瑕。这里有荷塘月色，有书声琅琅，有老师如孔圣人，有同学风华正茂、团结友爱……一切事情理想化的油漆涂得太多，现实的面目就容易让人失望。象牙塔有点狭窄，偏偏里面的肥胖粗壮的大佬又那么多，大家磕磕碰碰在所难免，再严重一点，钩心斗角的事情、各种"学术政治"也并不算少，且中外皆然——近年约翰·威廉斯的流行小说《斯通纳》讲的就是这事儿。不过，毕竟这是知识人聚集的地方，打架也不能像李逵张飞那样张牙舞爪，大家是"文明"里抢板斧，斯文中出利刃。也有另外一种情况：不能免俗，总有那些不愉快的事情，可是，如何处理它们，倒能看出人性的光辉、人品的修养。

一

话说 1934 年年初,清华园里就发生这样一件事情,为了一个出国名额的推荐事,由当时的历史系闹到学校甚至教育部层面,事儿闹得挺大,清华大学校长办公处不得不在校内的布告栏中贴出如此严厉的第一〇〇号通告:

查关于本大学选派研究院毕业生出国研究一节,研究院章程第十四条载有"凡在大学研究院毕业生,其学分成绩至 1.05,毕业考试及论文成绩均在上等以上者,得由各系主任推荐于评议会,择优派遣留举"。该条文订定之原意,本为慎重选拔,择优深造。最近本大学评议会讨论本届研究院毕业各生问题时,亦曾根据立法原意,佥认此条乃指各系对于各该系毕业生之进修能力,应先加审核,决定推荐与否,并非指成绩在上等以上者,均须由系主任推荐于评议会。又查本届研究院毕业之推荐手续，约曾经各系教授分别集会，详加商讨，由各研究导师发抒意见，共同议决，然后由该系主任具函推荐。更查历史系最近为推荐本届研究院该系毕业生出国研究事，曾于上年十一月六日召集全系教授，共同商决，只荐邵君一人。近复由该系教授陈寅恪先生来函声明经过情形。事实俱在，不难覆案。现查本届研究院历史系毕业生朱延丰，未经派遣出国研究，有所声辩，曾一再详为解说，恳切劝导，竟不自悟，反肆意攻讦历史系主任，复诬蔑本大学评议会。似此抹杀事实，淆惑观听，殊负本校多年作育之旨，良堪痛惜。是后该生如再有此类逾越常轨之言动，本校为维持风纪计，只得从严惩处，以端士习。诚恐此事经过原委，各生或未深悉，致为所惑。特此详加申告，俾得周知。此布。校长梅贻琦。中华民国二十三年一月十二日。

（转引自卞僧慧：《陈寅恪先生年谱长编［初稿］》第159～160页，中华书局2010年4月版）

这是一桩因为出国名额之争而引发的事件，布告中提到的事情，学者梁晨已有专文《一案四史家："朱延丰出国案"考察》（刊香港浸会大学《当代史学》第7卷第2期，2006年2月）所述甚详，参考该文对布告中几个细节可以略作补充：当事人朱延丰，1925年考入清华大学，1929年本科毕业后任清华大学历史系助教，1930年后考取清华研究院，导师为陈寅恪。当时的历史系主任是史学家蒋廷黻，在讨论出国名额时，他推荐邵循正，并获得教授评议会通过。朱延丰认为自己的成绩也符合推荐资格，却未获系主任推荐，这是不公正，他为此多方申辩，上书系主任、校长、评议会，并联合同级同学上书，给校方施加压力。在无果后，他又将此事引到校外，上书国民政府教育部，并约请北平律师公诸舆论，认为蒋廷黻公报私仇，自己受到不公正待遇，必要时对簿公堂维护权益。学校方面，如上述公告那样对此事屡次解释：学生对规定理解有误，并非成绩上等者即可获推荐，第一推荐权在系主任，从已有程序看，蒋廷黻所为没有不当。

这份布告措辞严厉，等于喝断此事，警告学生不能再有越轨之举。学校能如此硬气，敢于大胆叫停此事，朱延丰的导师陈寅恪教授的态度至为关键。学校的布告中特别提到："近复由该系教授陈寅恪先生来函声明经过情形。事实俱在，不难覆案。"陈寅恪的态度，一方面可以影响他的学生，另外一方面对于历史系和校方也举足轻重。在当时的历史系，甚至清华整个文科中，陈的话语权恐怕少有人可以撼动，清华大学国学院时代，四大导师，比陈资历老的王国维、梁启超已经去世，赵元任比他年轻，从资望而言，难有与陈抗衡者。1934年，该校文学院代院长蒋廷黻总结历史系近三年概况时说："国史高级课程中，以陈寅恪教授所担任者最重要。三年以前，陈教授在本系所授课程多向极专门者，如蒙古史料、唐代西北石刻等，因学生程度不足，颇难引进。"（刘桂生、欧阳军喜：《陈寅恪先生编年事辑补》，王永兴编：《纪念陈寅恪先生百年诞辰学术论文集》第436页，南昌：江西教育出版社1994年）在教学中，陈寅恪不可被取代。学问之外，陈的性格也是说一不二的，他要做什么，从不婆婆妈妈，倘要举贤不必避亲。陈教授对于一心想出国深造的学生是支持还是反对呢？他的这封信明确道出，他是站在系主任、校方一面的：

月涵吾兄先生执事：朱君不派出洋事，当日教授会议时，弟首先发表，宜只派邵君一人。廷黻先生时为主席，询问大家意见，益[并]无主张。迨弟发表意见后，全体赞同，无一异议。弟之主张，绝不顾及其他关系。苟朱君可以使弟发生出洋必要之信念者，必已坚持力争无疑也。至谓系主任与之有意见（无论其真与否，即使有之，亦与弟之主张无关涉），其他教授亦随同系主任之主张者，则不独轻视他教授之人格，尤其轻视弟个人人格矣。总之，此次史学系议决只派邵君而不派朱君一事，弟负最大最多之责任。此中情形经过如此，恐外间不明真相，特函陈述。如有来询者，即求代为转述，藉明真相而祛误会为荷。敬叩

日安。

弟寅恪顿首。一月八日

（陈寅恪1934年1月8日致梅贻琦信，《陈

寅恪集·书信集》第150～151页，生活·读书·新知三联书店2009年9月第2版）

　　这是斩钉截铁的表态，陈寅恪认为朱延丰不够出国留学资格，他还强调：如果他认为够的话，也不会顾及各方面关系而必然会推荐的。所以，当日教授会中，他第一个起来发言支持把这个名额给不是他学生的邵循正，是出于公心，系主任提议的人选正是陈寅恪本人赞同的。陈寅恪还说明：那一天，蒋廷黻作为会议主席，并没有倾向性或暗示性发言，他按照程序询问其他教授的意见，结果是："全体赞同，无一异议。"从程序上而言，他没有徇私舞弊的行为。陈寅恪信中有几句话说得很重，由此我们也会明白，他何以有这样的态度以及他的原则，那不是利益、派别、师生这些具体关系，而是"人格"，他认为，他做出这样的决定是有人格做支持的，其他教授坚持或放弃自己的意见也是有人格承担的，大家（至少在陈寅恪看来）不会为这样的事情失去自己的判断，也不会为此就附和、攀附系主任。

　　邵循正、朱延丰，两个学生的资历，邵比朱浅，这或许也正是朱心里不服的一个重要原因吧。陈寅恪此事中的态度能够看出，一是他是维护教授评议会的合法性的，甚至揽过系主任的责任，"弟负最大最多之责任"，这些是息事宁人，"到此为止"的态度。二是他对于学生在学术上的要求的确是严格。有人引朱自清1933年3月23日日记，认为朱延丰的学术水准不低："下午考朱延丰君，答甚佳，大抵能持论，剖析事理颇佳。陈先生谓其精深处尚少，然亦难能可贵。"（《朱自清全集》第9卷第208页，江苏教育出版社1998年3月版）"答甚佳"，这个评价不低，也是事实，但是，我们别忘了，这只是朱自清的评价，而朱自清的长项并非是研究突厥史的，真正的权威陈寅恪虽有"难能可贵"的评语，还是"谓其精深处尚少"，这是有保留的，也可以说朱延丰的论文是否达到陈寅恪的要求，真得仔细考量。十年后，陈寅恪在为朱延丰《突厥通考》出书作序时，毫不隐讳地提到这一点："朱君延丰前肄业清华大学研究院时，成一论文，题曰《突厥通考》。寅恪语朱君曰：'此文数据疑尚未备，论断或犹可商，请俟十年增改之后，出以与世相见，则如率精锐之卒，摧陷敌阵，可无敌于

中原。盖当日欲痛矫时俗轻易刊书之弊，虽或过慎，亦
有所不顾也。朱君不以鄙见为不然，遂藏之箧中，随时
修正。迄于今日，忽已十年……"（陈寅恪：《朱延丰
突厥通考序》，《陈寅恪文集·寒柳堂集》第 162 页，生
活·读书·新知三联书店 2009 年 9 月第 2 版）十年后，
老师才肯定了学生的成绩；十年后，老师也没有忘记当
初对学生的评语。

　　摊上一个这样的学术大师当老师，是不是总要哆哆
嗦嗦啊。陈寅恪严厉是一面，暖如春风的举动也不是没
有。陈晨在《一案四史家："朱延丰出国案"考察》中
写道："陈寅恪对朱延丰的生活也颇为关心，这也是其
对学生的一贯态度。朱延丰入研究院后，曾经爱慕上北
平女子篮球队的一位女子，但恋情半年后即告终止，这
令朱延丰十分痛苦，甚至因此离校旷课达两个星期之
久。陈寅恪为此很是着急，不仅自己寻找，还特地令朱
延丰的同学罗香林去寻找。朱延丰回来后，陈寅恪知道
他心情郁闷，便把他推荐给胡适去帮着搞点翻译工作，
以为寄托。同时，陈寅恪还去函胡适，希望其能亲自和
朱延丰进行一次面谈。"给胡适的这封推荐现在也保留

下来了，再一次让我看到大师的"人格"：

> 适之先生：昨谈钱稻孙先生欲译源氏物语，谅蒙赞许。近来又有清华教员浦君江清欲译 Ovid 之 Metamorphoses。不知公以为然否？浦君本专学西洋文学，又治元曲，于中西文学极有修养，白话文亦流利，如不译此书，改译他书，当同一能胜任愉快也。又清华研究院历史生朱君延丰（去年曾为历史系助教，前年大学部毕业生也）欲译西洋历史著作，不知尊意以为如何？是否须先缴呈试译样本，以凭选择？大约此二君中，浦君翻译正确流畅，必无问题，因弟与之共事四五年之久，故知之深。朱君则历史乃其专门研究，译文正确想能做到；但能流畅与否，似须请其翻译一样式，方可评定也。匆此奉陈，敬叩
>
> 著安
>
> 弟　寅恪顿首
>
> （一九三一年）二月七日午后九时
>
> 《陈寅恪集·书信集》第 137 页）

推荐人，自然是希望对方接受，不然就不会推荐了。推荐自己的助手和学生，更是爱护有加，讲一点过头的话，似乎无伤大雅。至于把自己喜欢的人，说得天花乱坠以期对方接受的事情也并不少见，大家也会觉得情有可原。陈寅恪此信，既表现出他对年轻人的关心，以自己的资望为他们谋差事谋发展，又能够看出他的分寸、原则，推而言之，他言而有信，不做妄言。信中，比较浦、朱二人，对各之所长，说得清楚，对于可能存在的短板也毫不掩饰。二人中，译书，他认为浦江清比较有把握，不仅是资历，而且浦的专业是西洋文学，白话文亦不错，又做过自己的助手，陈寅恪认为对他比较了解。朱延丰，研究历史，译历史著作，在专业范围内，"正确"当不成问题，然而朱毕竟是新手，翻译上的经验和能力尚缺锻炼，究竟做得怎么样，陈寅恪不能打包票，他建议能够出一试样，以备胡适判断、取舍，这也是为胡适负责。

陈寅恪推荐朱延丰是郑重的、认真的，他还有两封信谈到此事。一是给学生罗香林的信中提到："朱延丰君编译事，待得知详悉情形再面谈。迄转达。"（陈寅恪1931年4月18日致罗香林信，《陈寅恪集·书信集》第144页）这也是对朱延丰请托的回复。到那一年年底，他又介绍朱延丰去见胡适："适之先生：前函介绍之朱延丰先生欲面谒公，有所承教，敬蕲接见为幸。"（陈寅恪1931年12月3日致罗香林信，《陈寅恪集·书信集》第140页）可见他推荐一个人有始有终，并不是接受请托敷衍一下，由此也能判断出，他也不会随随便便就推荐一个人。不过，还是那一句话：师生之情谊是情谊，学术问题上的原则是原则，兹事体大，因为它已经超越个人关系，乃是为天下造"公器"，在这一点上，做老师不偏袒，不马虎，甚至比别人还严厉些。

我看过一个故事，忘记了出处，说陈寅恪在日本学术界声望甚高。当年中国学生申请到某知名大学读书须通过一个考试。一位中国学生去申请入学，教授得知他的毕业论文指导老师是陈寅恪，对他说：你可以免考了。——此事或许可以归于"传说"一类，可是，这么传说，证明陈寅恪在外人的眼里是靠谱和信誉的保证。这种声望，这样一种信任，恰恰来自陈寅恪的严格，老话讲，人无信则不立，"陈寅恪"这个名字成为一种确信和保证，恰恰在于他在平常中这种毫不含糊的坚持。

二

老师对学生是春风，还是秋风，在一个尊卑有序的国度里，似乎都不要紧。反过来，学生对老师如果不敬，可就是大逆不道了。偏偏有个人少年气盛，不能说对老师"不敬"，只能是并不是恭恭敬敬而已。这个人是钱锺书，那老师是做尽各种事情让人窃笑而又叹息的吴宓先生。

事情是由温源宁的一篇短文《吴宓先生》引起的。温源宁，1927 年起担任清华大学西洋文学系教授，算是吴宓的同事，1934 年应上海的英文杂志《中国评论周刊》（*The China Critic weekly*）的约请，他用英文写了一组人物素描，吴宓、胡适、徐志摩、周作人、梁遇春、王文显等 17 位名人都被他幽默了一下。1935 年，该书由上海别发公司（*Kelly & Walsh, Ltd.*）出版发行。这组文章笔调轻松，文字幽默，写的又是名人，发表出来颇引起知识界注意。1934 年 4 月 20 日出版的《人世间》杂志上，林语堂手痒亲自翻译其中的吴宓、胡适两篇。1937 年 2 月 20 日出版的《逸经》第 24 期又重刊写吴宓这篇（题目为《吴宓——学者兼绅士》，倪受民译）。此文温源宁从吴宓的相貌写到性格，通篇都是调侃文字，诸如："吴先生的面貌呢，却是千金难买，特殊又特殊，跟一张漫画丝毫不差。他的头又瘦削，又苍白，形如炸弹，而且似乎就要爆炸。头发好像要披散下来，罩住眼睛鼻子，幸而每天早晨把脸刮干净，总算有所修整了。他脸上七褶八皱，颧骨高高突起，双腮深深陷入，两眼盯着你，跟烧红了的小煤块一样……"（温源宁：《吴宓先生》，《一知半解及其他》第 4 页，南星译，辽宁教育出版社 2001 年 2 月版）这也就罢了，我觉得最后有两段话，说得虽然很随意，却是看穿了吴宓，也触到吴宓的痛处：

> 一个孤独的悲剧角色！尤其可悲的是，吴先生对他自己完全不了解。他承认自己是热心的人道主义者、古典主义者；不过，从气质上

看，他是个彻头彻尾的浪漫主义者，这一点，
因为吴先生那么真挚，那么表里如一，所以谁
都看得出来，除了他本人！他赞赏拜伦，是众
所周知的。他甚至仿照《哈罗尔德公子》写了
一篇中文长诗，自相矛盾，然而，谁也不觉得
这是个闷葫芦，除了他自己！（同前，第6页）

吴宓读到这篇文章后，怒从中来，在日记中大骂：

> 晚，在图书馆，见《逸经》24 期，有倪
> 某重译温源宁所为英文我之小传，而译其题
> 曰《□□——一个学者和绅士》，不曰"君子
> 人"。译笔亦恶劣。尤可恨者，编者简又文乃
> 赞词曰，使吴君见之，必欣然，谓"生我者父
> 母，知我者源宁也"。呜呼，温源宁一刻薄小
> 人耳，纵多读书，少为正论。况未谙中文，不
> 能读我所作文。而此一篇讥讽嘲笑之文章，竟
> 历久而重译。宓已谢绝尘缘，而攻讦中伤者犹
> 不绝。甚矣此世之可厌也。宓以种种中国之男

人女人，比较评量，益觉 Harriet 之精神感情
见解之高尚浑厚，可爱可敬，真天人矣。

（吴宓 1937 年 2 月 28 日日记，《吴宓日记》
第 VI 卷第 81 页，生活·读书·新知三联书店
1998 年 3 月版）

温源宁在《一知半解》的序言中说过："这本小书
里，如有触犯了人的言语，乃是无心之失，希望谁也不
见怪。不过，也还可能有一两个人对某些涉及他们的议
论产生反感，若果然如此，尚请原谅。"（温源宁：《小
引》，《一知半解及其他》第 3 页）莫非那时候他就听到
什么反应，还是对未来的成功预言呢，我不得而知。不
过，吴宓的火气还在后面呢。此时，他的宝贝学生钱锺
书出场了。在《一知半解》（钱译作《不够知己》）英文
版出版后不久，钱锺书在 1935 年 6 月 5 日出版的《人
间世》第 29 期上发表过一篇书评，目前出版的吴宓日
记恰恰缺这一段，不知道吴宓当时是否看到此文，倘若
看到又作何感想，反正文章提到吴宓仿佛是替他辩护：
"又如被好多人误解的吴宓先生，惟有温先生在此地为

他讲比较公平的话：在一切旧体抒情诗作者中，吴先生是顶老实、顶严重、顶没有 Don Juan 式采花的气息的；我们偶尔看见他做得好的诗，往往像 Catullus 和 Donne，温先生想亦同有此感。"（钱锺书：《〈不够知己〉》，《钱锺书集·人生边上的边上》第 336 页，生活·读书·新知三联书店 2019 年 10 月第 2 版）这是赞扬温源宁的公正，倘若钱锺书知道吴宓对温文的态度，那么，这种赞扬不仅完全落空，反而是与温源宁合作起来加倍"攻讦"。在这几句之前，钱锺书还有一段话："温先生往往在论人之中，隐寓论文，一言不着，涵意无穷。例如徐志摩先生既死，没有常识的人捧他是雪莱，引起没有幽默的人骂他不是歌德；温先生此地只淡淡地说，志摩先生的恋爱极像雪莱。"（同前，第 336 页）温源宁在《徐志摩先生》中是谈到了雪莱，可是，钱锺书说"例如徐志摩先生既死，没有常识的人捧他是雪莱……"，他的老师吴宓会不会敏感呢？因为吴宓在徐志摩去世后写过一篇《徐志摩与雪莱》。

俱往矣，这个旧事也就罢了，1937 年，吴宓大骂温源宁之后一个月，收到留洋在外的钱锺书信和稿子，稿子是英文写的《吴宓先生及其诗》，读后吴宓的恼火再次燃起，温源宁、钱锺书、《一知半解》与钱锺书评论他的诗集的文章，都搅合到一起了，他伤心地写道：

> 下午，接钱锺书君自牛津来三函，又其所撰文一篇，题曰 Mr.Wu Mi& His Poetry，系为温源宁所编辑之英文《天下》月刊而作。乃先寄宓一阅，以免宓责怒，故来函要挟宓以速将全文寄温刊登，勿改字。如不愿该文公布，则当寄还钱君，留藏百年后质诸世人云云。至该文内容，对宓备致讥诋，极尖酸刻薄之致，而又引经据典，自诩渊博。其前半略同温源宁昔年"China Critic"一文，谓宓生性浪漫，而中白璧德师人文道德学说之毒，致束缚拘牵，左右不知所可云云。按此言宓最恨；……所患者，宓近今力守沉默，而温、钱诸人一再传播其谰言，宓未与之辩解，则世人或将认为宓赞同其所议论，如简又文所云"知我者源宁也"之诬指之态度，此宓所最痛心者也。至该文后半，

则讥诋宓爱彦之往事，指彦为 super-annulated Coquette，而宓为中年无行之文士，以著其可鄙可笑之情形。不知宓之爱彦，纯由发于至诚而合乎道德之真情，以云浪漫，犹嫌隔靴搔痒。呜呼，宓为爱彦，费尽心力，受尽痛苦，结果名实两伤，不但毫无享受，而至今犹为人讥诋若此。除上帝外，世人孰能知我？彼旧派以纳妾嫖妓为恋爱，新派以斗智佔对方便宜为恋爱者，焉能知宓之用心，又焉能信宓之行事哉？……

又按钱钟书君，功成名就，得意欢乐，而如此对宓，犹复谬托恭敬，自称赞扬宓之优点，使宓尤深痛愤。乃即以原件悉寄温君刊登，又复钱君短函（来函云候复），告以稿已照寄。近今宓沉默自守，与人无争，而犹屡遭针刺鞭挞。几于岩穴之间、斗室之内，亦无宓一线生路者，可哀也已！……

（吴宓 1937 年 3 月 30 日日记，《吴宓日记》第 VI 卷第 96～97 页）

批评钱锺书"功成名就，得意欢乐"，看来，吴宓是真的动怒了。钱锺书文中说什么了？他是这样写老师的：

> 吴宓从来就是一位喜欢不惜笔墨、吐尽肝肠的自传体作家。他不断地鞭挞自己，当众洗脏衣服，对读者推心置腹，展示那颗血淋淋的心。然而，观众未必领他的情，大都报之以讥笑。所以，他实际上又是一位"玩火"的人。像他这种人，是伟人，也是傻瓜。吴宓先生很勇敢，却勇敢得不合时宜。他向所谓"新文学运动"宣战，多么具有堂吉诃德跃马横剑冲向风车的味道呀！而命运对他实在太不济了。最终，他只是一个矛盾的自我，一位"精神错位"的悲剧英雄。在他的内心世界中，两个自我仿佛黑夜中的敌手，冲撞着，撕扯着。……没有哪个正常人能像他那样拥有两颗心灵，尽管一位正常人也会出于实用目的而良心不安，

但精神上不会有冲突。

他的心灵似乎处在原始浑沌的状态，以致不能形成任何道德差异——又湿又沾的泥饼是不会被缺乏智慧的灯火烤干的，与其说他的心灵没有开化，倒不如说没有个性。但吴宓先生的心灵似乎又处在一种缺乏秩序的混乱状态——每一种差异在他脑海里都成为对立。他不能享受道德与植物般平静的乐趣，而这些是自然赐予傻瓜、笨伯与孩子的礼物。他总是孤注一掷地制造爱，因为他失去了天堂，没有一个夏娃来分担他的痛苦、减轻他的负担。隐藏于他心理冲突之后的是一种新、旧之间的文化冲突。他不是一个伟大的诗人，但他无疑是当代最复杂的一个人物，他通过写诗来寻求解脱……

（钱锺书文，原为英文，题目是：*A Note on Mr.Wu Mi and His Poetry*，现收《钱锺书英文文集》，外语教学与研究出版社 2005 年 9 月版，本文引文据沈卫威：《情僧苦行吴宓传》

第 188～189 页译文，**东方出版社 2000 年 10 月版**）

我不得不佩服这个学生识见之高、目光之敏锐，但是，越是这样，越是捅向老师心里的一把利刃啊。吴宓痛苦不堪，当天把这些观点讲给贺麟听，"贺麟来上课。宓送之上汽车入城，告以钱所撰文。麟谓钱未为知宓，但亦言之有理云云。宓滋不怿。世中更无一人能慰藉、愿慰藉我者也"（吴宓 1937 年 3 月 30 日日记，《吴宓日记》第 VI 卷第 97 页）。贺听过后认为"言之有理"，这让吴宓更为伤心，更认为除了上帝天下无人能理解他。世人对他尽是"误解"，这是吴宓的想法，其实，最大的误解恰恰来自他自己。

吴宓与钱锺书的恩怨有很多人专门研究过，本文不想多作探讨，我重翻旧账，还是关心学生和老师在这件事上的态度。钱文贺麟认为"言之有理"，那么，说钱锺书考虑不周致使老师伤心倒是有可能的，说刻意讽刺老师，"功成名就，得意欢乐"好像过分了。我倒宁愿这么看：这就是钱锺书对老师的真实看法，吾爱吾师，吾更爱真理，他就这么说出来了。孟浪了些，却真实了很多。吴宓日记中说："乃先寄宓一阅，以免宓责怒……"这说明钱锺书并非书呆子，他已经考虑到这些话老师会不高兴，关键是明知如此还是写了，明人不做暗事也寄给老师看了。我感到，文章千古事，文字不是游戏，那里有见解、观点，还有人格、文格，不能苟且也不能对读者、对自己撒谎，关系、情面也就顾不上了。——"吴先生对他自己完全不了解"，这是温源宁评价吴宓的话，看了《吴宓日记》后，我愈发相信这话说得千真万确，学生钱锺书一针见血也一文中的。

江湖险恶，世俗是把杀人的刀子，半个多世纪以后，1993年，钱锺书有机会读到吴宓日记——里面有对他的不满，也有很多赏识他才华的记录——此时，已为"文化昆仑"的他以非常谦恭的态度把一切过错都揽在自己身上，深悔少年孟浪，赶紧要填补这个道德的大窟窿。他给吴宓的女儿吴学昭的信中写道："余卒业后赴上海为英语教师，温源宁师亦南迁来沪。渠适成 *Imperfect Understanding* 一书，中有专篇论先师者；林语堂先生邀作中文书评，甚赏拙译书名为《不够知己》之雅切；温师遂命余以英语为书评。弄笔取快，不意使先师伤心如此，罪不可逭，真当焚笔砚矣！""先师大度包容，式好如初；而不才内疚于心，补过无从，惟有愧悔。倘蒙以此书附入日记中，俾见老物尚非不知人间有羞耻事者，头白门生倘得免乎削籍而标于头墙之外乎！"（钱锺书：《〈吴宓日记〉序言》，《钱锺书集·人生边上的边上》第233～234、234页）这样的"补悔"，至少能证明钱锺书在当年的无心之过，也符合当今大儒的慈祥、和善的公众期待。中国人的传统说法：一日为师终身为父，师如父母。师如父母，也就是将两者在伦理上的平等取消了，对父母历来要讲恭敬和孝顺的，对老师不恭，那可不行。

父慈子孝，家庭和谐，这本来是很好的事情。偏偏出来个鲁迅，认为生儿育女、传宗接代乃是做父母的天然责任，子女们没有什么"恩"可感，更不能拿这"恩"来要挟子女使之为己牺牲，子女不是父母的财产，也不是他们的奴才，相互间若有关系，除了"爱"，不应是其他。（见鲁迅：《我们现在怎样做父亲》，收《鲁迅全集》第1卷，人民文学出版社1981年版）这下子更乱了，那么胜过父母的老师呢，他与学生应该是什么关系？以吴宓和钱锺书关系为例，他们处理得还不错，吴宓虽然一辈子对钱锺书，不是痛快地满意，但是那都是记在日记上的话，表面上恐怕还是君子依旧。晚年钱锺书的检讨一洗刻薄之名，呜呼，钱锺书当然要检讨，不然这个罪名他怎么顶得下来？不过，有时候，我也怀念那个少年孟浪的钱锺书，他更真实，他也让我看到，老师和学生本来是为了传道、求知所结成的自然、平等的关系，不能畸形化为主奴关系，更不能变成江湖老大与众小弟的关系。

三

与钱锺书相比，知堂老人周作人的文字，多给人以平和、冲淡的印象，这种印象未免失之片面，周作人火气大的时候比钱锺书直接多了。钱锺书对老师无非是借书评微讽，是忍不住开开玩笑，而周作人则直接炮轰老师，来个《谢本师》，主动跟老师拜拜，而且登载在公开发行的杂志《语丝》上，等于昭告天下。

关于此事的背景，钱理群在《周作人传》中是这么写的：1926年，正当以孙中山为首的广东革命政府酝酿着发动北伐战争，周作人在日本时期求师过的章太炎突然与北洋军阀吴佩孚，孙传芳等打得火热，组织所谓"反赤救国大联合"，自任"干事会"主席，发表宣言与通电，叫嚷"以北事付之奉、晋，而直军南下，与南省诸君共同讨伐""赤党"。通电一出，全国舆论大哗。周作人立即在《语丝》94期（1926年8月28日出版）发表《谢本师》一文。（钱理群：《周作人传》第329页，北京十月文艺出版社1990年9月版）在《谢本师》中，周作人首先感谢十八年前在东京从章太炎学习之恩，并强调："虽然有些先哲做过我思想的导师，但真是授过业，启发过我的思想，可以称作我的师者，实在只有先生一人。"然而，笔锋一转便是："……这十几年中我还没有见过先生一面。平常与同学旧友谈起，有两三个熟悉先生近状的人对于先生多表示不满，因为先生好作不大高明的政治活动……总之先生回国以来不再讲学，这实在是很可惜的，因为先生倘若肯移了在上海发电报的工夫与心思来著书，一定可以完成一两部大著，嘉惠中国的后学。"（周作人：《谢本师》，《周作人散文全集》第 4 卷第 743、744 页，广西师大出版社 2009 年 5 月版）这好像与他老哥鲁迅在章太炎的去世后的评价正相反，鲁迅说："我以为先生的业绩，留在革命史上的，实在比在学术史上还要大。……我的知道中国有太炎先生，并非因为他的经学和小学，是为了他驳斥康有为和作邹容的《革命军》序，竟被监禁于上海的西牢。"（鲁迅：《关于太炎先生二三事》，《鲁迅全集》第 6 卷第 545 页）——唉，一个老师吧，如果教了一群籍籍无名的学生，会觉得一辈子没有成就感；可是教了些名声太大、主见太多者（如周氏兄弟），简直又里外不是人，左右都不行。周作人下面的话够难听：

　　然而性情总是天生的，先生既然要出书斋而赴朝市，虽是旧弟子也没有力量止得他住，至于空口非难，既是无用，都也可以不必了。
　　"讨赤"军兴，先生又猛烈地作起政治的活动来了。我坐在萧斋里，不及尽见先生所发的函电，但是见到一个，见到两个，总不禁为我们的"老夫子"（这是我同疑古君私下称他的名字）惜。到得近日看见第三个电报把"剿平发逆"的"曾文正"奉作"人伦模范"，我于是觉得不能不来说一句话了。先生现在似乎已将四十馀年来所主张的光复大义抛诸脑后了。我相信我的师不当这样，这样也就不是我的师。先生昔日曾作《谢本师》一文，对于俞曲园先生表示脱离，不意我现今亦不得不谢先生，殊非始料所及。此后先生有何言论，本已与我无复相关，惟本临别赠言之义，敢进忠告，以尽寸心：先生老矣，来日无多，愿善自爱惜令名。

（周作人：《谢本师》，《周作人散文全集》第 4 卷第 744 页）

在这之后，周作人还在《革命党之妻》一文中对章太炎与徐锡麟的弟弟等"浙江"呈荐省长一事也小小地讽刺了一下。反了，反了，学生给老师上起课来了，还"先生老矣，来日无多，愿善自爱惜令名"，这是什么混账话？！

章太炎是什么人？江湖人称"章疯子"，这"疯"的级别可不是要要无赖的疯，那是见过大世面、不怵权贵的角色啊，皇帝、总统都不放在眼里。他在《驳康有为论革命书》一文中，指名道姓地大骂光绪皇帝是"小丑"，断言只有革命才能救中国。章太炎还打上袁世凯的总统府，老袁不见，他把人家接待室砸个稀巴烂。老袁把他软禁起来，大丈夫威武不能屈，照骂不误。袁大总统，洪宪皇帝，还得给他供吃供喝……这样的一个角色，他受得了学生周作人的这口气？我没有查到他对此事的反应，想他不可能不知道有人"谢本师"吧，他那么多学生难道就没有一个通风报信或搬弄是非的？也许，太炎之为大师就在这种地方，对权贵，那是横眉冷对；对于自己的学生，文弱书生，逞什么强，耍什么威风？不必，没有。

周作人在晚年的《知堂回想录》中曾有一节《章太炎的北游》，提到他当年写《谢本师》的事情，学生又承认孟浪了："后来又看见论大局的电报，主张北方交给张振威，南方交给吴孚威，我就写了《谢本师》那篇东西，在《语丝》上发表，不免有点大不敬了。但在那文章中，不说振威孚威，却借了曾文正李文忠字样来责备他，与实在情形是不相符合的。"（周作人：《章太炎的北游》，《周作人散文全集》第 13 卷第 729 页）周作人说话是曲曲折折的，在这里他只是说文章的一个细节不当，并没有说这文章不该写。问题是，他就此便与太炎先生撕破脸皮、老死不相来往了吗？非也。时间不太久，六年后的春天，太炎先生北上讲学，他们就见面了。从他文章中引旧日记看，第一次（1932 年 3 月 7 日晚）他是"被通知"太炎先生来了，大家要一起招待先生，既然马叙伦（夷初）能喊他去"接驾"，证明章太炎对周作人已没有什么想法。钱玄同的日记中也记太炎先生这次北上和蔼多了："午回家，饭毕，即访幼渔，与同至花园饭店访老夫子，别来十六年矣。近来态度如旧，益为和蔼，背颇驼，惟发剪极短，与当年披发大不相同。季刚亦在，检斋亦在。政客一大帮，与辛亥冬与哈同花园时颇相像。询知师实避沪难而来也。四时许，朱、马、钱、黄、吴、师六人乘汽车逛中南海公园。"（钱玄同 1932 年 3 月 2 日记，《钱玄同日记》整理本第849页，北京大学出版社2014年8月版）"益为和蔼"越发有师尊的样子了。

一个月之后，周作人去拜见章太炎，有"谢本师"事件在前，没有什么尴尬事发生吧？周作人的日记所记十分平淡："四月十八日，七时往西板桥照幼渔之约，见太炎先生，此外有邈先玄同兼士平伯半农天行适之梦麟，共十一人，十时回家。"（周作人：《章太炎的北游》，《周作人散文全集》第13卷第729页）有人批评周作人"薄情"，看来不假，要么就是他善于伪装。钱玄同的日记虽然也是所记不多，却有细节，且事关周作人：

> 午后一时半至马家，移时半农乘汽车来，偕往迂师，盖中国文学系及研究所国学门请他讲《广论语骈枝》也，我翻译，建功写黑板，三时到，先看明清史料，四时讲，讲了一个多钟头毕。六时许，一行人至幼渔家，他赏老夫子吃饭也。启明亦来，不"谢"了，不"谢"了。很好，很好！十一时，我与半农、建功送

他到家。(钱玄同 1932 年 4 月 18 日日记,《钱
玄同日记》整理本第 856 页)

这一句"不'谢'了,不'谢'了,很好,很好!"
就是专对周作人(启明)讲的。从语气上感觉一种如
释重负后的欢快,也就是说"谢本师"这事情毕竟是一
个心结,两个人具体见面怎样,钱玄同没有记,但是面
对老师和同学冰释前嫌,大家都轻松愉快。从这文字语
气,以及前面宴会曾有请过周作人来看,此事,太炎先
生可能早就过眼烟云了,周作人或因尴尬或怎样,总是
不能不心存芥蒂,所以才有钱玄同"不'谢'了"之
谈。之后还有相见,周作人去听过章太炎的演讲,还
力邀章太炎到他家吃饭。5 月 4 日,太炎先生有一封辞
谢信:"玄同足下:星期五割后呼吸仍未通,本星期五
尚拟割治一次,速星期日恐尚未合创,启明处或未能赴
也。再者,鼻病例须戒酒,启明盛言,殊不克副,烦为
道谢。书覆,即问起居。麟白,五月四日。"(章太炎
1932 年 5 月 4 日致钱玄同信,《章太炎全集》第 12 卷
第 224～225 页,上海人民出版社 2017 年版)写信那天

是星期三，那个星期五未能成行，是身体原因。又隔十天，5月15日，他们相聚于周家，太炎先生兴致不错，又写字又照相，相见甚欢：

> 五月十五日，下午天行来，共磨墨以待，托幼渔以汽车迓太炎先生来，玄同遇先兼士平伯亦来，在院中照一相，又乞书条幅一纸，系陶渊明《饮酒》之十八，"子云性嗜酒"云云也。晚饭用日本料理生鱼片等五品，绍兴菜三品，外加常馔，十时半仍以汽车由玄同送太炎先生回去。
>
> （周作人日记，引自周作人：《章太炎的北游》，《周作人散文全集》第13卷第730页）
>
> 我下午四时至周宅，今日启明赏饭于其家，日本与绍兴合璧，日本菜极佳。同座为朱、马、沈三、俞、魏也。大家均请老夫子写字，他称平伯为"世大兄"。十时许毕，再回家，毛似略瘥。

（钱玄同 1932 年 5 月 15 日日记，《钱玄同日记》整理本第 860 页）

吃得好，喝得好，太炎先生兴致也好，好，好。

周作人在后来的文章中提到两件事，都跟"同学录"有关的，这关系到太炎先生是不是把他当弟子的问题。一件事情是苏州国学讲习会方面有人刻了一种同门录，周作人大名在列，而鲁迅等很多人被漏了。钱玄同在 1932 年 7 月 4 日有一封信给周作人讲过此事：

此外该老板（指吴检斋因其家开吴隆泰茶叶庄）在老夫子那边携归一张"点鬼簿"（即上边所说的同门录），大名赫然在焉，但并无鲁迅许寿裳钱均甫朱蓬仙诸人，且并无其大姑爷（指龚未生），甚至无国学讲习会之发祥人董修武董鸿诗，则无任叔永与黄子通，更无足怪矣。该老板面询老夫子，去取是否有义？答云，绝无，但凭记忆所及耳。然则此《春秋》者，断烂朝报而已，无微言大义也。

（转引自周作人：《章太炎的北游》，《周作人散文全集》第 13 卷第 731 页）

"老夫子"是他们对章太炎的称呼，同学录名字不全，乃凭老夫子"记忆所及"列出来的，所以也漏了很多不该漏的人，但是，"大名赫然在焉"，这可是老师记着你，老师没有忘，周作人应该放心了吧。——老师学生太多，要一口气想个周全也不容易。比如对鲁迅，他也没有忘，1932 年春在北平时，他就问起过："太炎先生最后一次到北平，门徒们公宴席上，问起鲁迅先生，说：'豫才现在如何？'答说现在上海，颇被一般人疑为左倾分子。太炎先生点头说：'他一向研究俄国文学，这误会一定从俄国文学而起。'"（孙伏园：《惜别》，《孙氏兄弟谈鲁迅》第 36 页，新星出版社 2006 年 1 月版）老师不仅关切，还为学生开脱，可见这个老师的心胸是开阔的，是大度的，哪怕学生不大想起老师，一想起来可能还要嘲讽他两句。另外一件事情是 1933 年 6 月 7 日，为刊刻《章氏丛书续编》，经钱玄同之手，周作人捐资一百元，"因为出资的关系，在书后面得刊载弟子某人覆校字样，但实际上的校勘则已由钱吴二公办了去了"（周作人：《章太炎的北游》，《周作人散文全集》第13卷第729页）。不管是花钱买的，还是怎么样，这"弟子"是在编在册的，如果太炎先生不首肯，恐怕名字也是刻不上的。刻上了，它还要随老师不朽著作传诸后世呢。无上荣光啊。

1936年，章太炎去世，周作人"早就想写一篇纪念的文章"，过了半年之后，才写出《记太炎先生学梵文事》，这次是高度赞扬："中年以后发心学习梵天语，不辞以外道为师，此种博大精进的精神，实为凡人所不能及，足为后学之模范者也。我于太炎先生的学问与思想未能知其百一，但此伟大的气象得以懂得一点，即此一点却已使我获益非浅矣。"（周作人：《记太炎先生学梵文事》，《周作人散文全集》第7卷第522页）1943年4月，已经事伪的周作人去南京办事顺便去了苏州一趟，只有两天时间中，他拜访了太老师俞曲园的春在堂，又拜谒了老师章太炎的墓地，第二年写文章这么说："我又去拜谒章太炎先生墓，这是在锦帆路章宅的后园里，情形如郭先生文中所记，兹不重述。章宅现由省政府宣传处明处长借住，我们进去稍坐，是一座洋式的楼房，后边讲学的地方云为外国人所占用，尚未能收回，因此我们也不能进去一看，殊属遗憾。俞章两先生是清末民初的国学大师，却都别有一种特色，俞先生以经师而留心轻文学，为新文学运动之先河；章先生以儒家而兼治佛学，倡导革命，又承先启后，对于中国之学术与政治的改革至有影响……"（周作人：《苏州的回忆》，《周作人散文全集》第9卷第171～172页）这些都能表明他对老师的感情，自然，做一个章门弟子也是值得骄傲的事情。

耐人寻味的是，1950年周作人以"鹤生"笔名在《亦报》上所写的一篇短文《章太炎的弟子》，他说有传闻认为章门是分门人、弟子、学生三种区别的，"但照他老先生的性格看来，恐怕未必是事实"，他认为老先生并无等级之分。讲到具体的人，大弟子当然是黄侃了，但是周作人认为"真是敬爱老师的"还是钱玄同，我们注意他怎么写钱玄同与章太炎的关系的：

虽然太炎曾经戏封他为翼王，因为他"造

过反"，即是反对古文与汉字。玄同对于汉字知道得太深了，他从文字上觉得楷字之不合理，所以结果到了两头极端的理论，即写篆文或废汉字，虽然事实上知道都难做到。经学方面太炎主张古文，玄同则是从崔适主张今文的，也是相反，可是他对于先生的尊敬三十馀年如一日，民报社讲学时期，钱粮胡同幽囚时期，不必说了，末次北游时期差不多每日随侍在侧，有一天到北大研究所来讲《广论语骈枝》，学生听不清南方话，临时由玄同翻译国语，这件小事也很有意思。爱真理时尽管造反，却仍是相当的爱吾师，这不是讲学问的人最好的态度么。

（周作人：《章太炎的弟子》，《周作人散文全集》第 10 卷第 677～678 页）

知堂乃作文高手，我简直怀疑这是通过写钱玄同在不露声色地表露自我的心迹。"爱真理时尽管造反，却仍是相当的爱吾师，这不是讲学问的人最好的态度么。"

写这句话时，他是想起了当年"谢本师"的事情吗？

我爱知堂也如此，做人要有是非有原则，哪怕对"吾师"，不然，那是小市侩，有谁还爱读他的文章？学生尊敬老师，天经地义，可是奉老师为教主，天天只能背语录，在老师面前咳嗽一声也不敢，这就不是尊敬、敬畏了。跟老师探讨一下问题，有什么大不了，哪怕说出"先生老矣，来日无多，愿善自爱惜令名"这种过头话，那是真诚，那是对老师"令名"的爱护。至于写过《师门五年记》的罗尔纲，转过身再写批判胡适的文章，那是不得已，也是另外一件事情，这样的事情最好不要再有。

现在听学生口口声声喊老师为"老板"，我觉得师生关系变味了，于是不禁想起这些老旧故事，再做老生常谈。

杜威与"五四"的偶遇

储朝晖

由于五四运动激起了他浓厚的兴趣，他想留在中国看个究竟。他改变了 1919 年夏天回到美国的原定计划，决定向哥伦比亚大学再请假一年，留在中国。

因偶遇五四运动，
改变原定的中国之行

　　一切似乎是安排好的，当时已经是美国著名哲学家和教育家的杜威，在与美国文化有很大差异的中国"偶遇"了五四运动。说"偶遇"是因为1919年初杜威和他的夫人爱丽丝·奇普曼赴东方旅行，原本是一次消遣旅游，当他们从旧金山准备启程时，杜威收到东京帝国大学邀请他到日本作讲学的致电，他欣然答应后，又接受日本其他学术团体的邀请，增加了很多场次的讲演。杜威并没把中国列在他远东之行的计划内，但他的中国学生胡适、陶行知急不可耐地发出邀请，陶孟和和郭秉文途经日本，登门代表江苏省教育会、北京大学等五个学术教育团体向杜威发出正式邀请，才有了杜威的中国之行。

1919 年 5 月 3 日，杜威到中国的第四天，他在江苏省教育会作了第一场题为《平民主义的教育》的报告，千余青年冒雨赶来，场内"听者之众，几于无席可容"。次日，中国便发生了震惊世界的五四运动。身在上海的杜威，显然没有像当时对巴黎和会关注的中国人那样及早得到五四运动的信息。

稍稍拉长时距看，杜威 4 月 30 日下午从上海下船踏上中国土地，5 月 1 日在家书中说："我在中国睡了一晚，但是现在还谈不上什么印象，因为中国还没有映入我们的眼帘。"但他由挂一国牌照的车不能进入另一个区域敏锐观察到上海租界的存在。杜威十分细致地观察中国的饮食男女，在 5 月 4 日的家书中依然只讲到缠足女子和商场见闻，未提及五四运动。

5 月 5 日，当时任职于北京大学的学生蒋梦麟，陪同杜威到蒋的家乡浙江杭州游览、演讲并任翻译。5 月7 日，蒋梦麟中途接到一个石破天惊的消息，学生运动爆发了，他收到电报要求立即回京。可以确定的是，杜威此时知道了中国发生了五四运动，但尚不知晓这场运动的详情。

一旦他得到第一份关于五四运动的信息，他就被迷住了。在 5 月 12 日的家书中，他开篇就说："北京的风暴似乎现在已经平静了，大臣们依旧把着官位，而学生们被释放出来了。"接下来在信中不时穿插些运动的信息。事实上，他得出的"平静了"的消息也不准确。北京学生运动的消息不断传到他的耳中，杜威夫妇急于北上。5 月 30 日，杜威终于来到北京，目睹了学生上街游行示威，抗议军阀政府，也目睹了社会各界人士对学生的同情和支持，他十分震惊，并为那种声势浩大的学生运动所深深震撼。

由于五四运动激起了他浓厚的兴趣，他想留在中国看个究竟。他改变了 1919 年夏天回到美国的原定计划，决定向哥伦比亚大学再请假一年，留在中国。

6 月初是北京学生运动最高潮的时期，杜威亲眼看到成百上千的学生在街头演讲，宣传抵制日货、挽回权利。6 月 5 日，杜威在给女儿的信中说："昨天晚上我们听说，大约有一千名左右的学生在前天被捕了。北京大学已做了临时'监狱'，法学院的房子已关满了人，现在又开始关进理学院的房子。"同一天晚上，他又给女儿报告了一个最惊人的消息："今天傍晚，我们从电话里知道，把守北京大学周围的那些兵士，都撤走了；他们住的帐篷也都拆掉了。接着，在那里面的学生们开了一个会，决议要质问政府能不能保证他们的言论自由。如果政府不能保证言论自由，他们就不离开那里。因为他们是打算还要讲话的，免得再度被捕又关进来。这些学生不肯离开这个'监狱'倒给政府很大的为难。"

杜威后来得悉，政府这样丢脸的屈服是因为上海的商人为抗议成千的学生被捕而在前天罢市了，他在信中说："这是一个奇怪的国家。所谓'民国'，只是一个笑话。可是，在某些地方，又比我们更民主些。这里有完全的社会平等，但妇女除外。议会，十足地是个虚晃的滑稽剧，但自动自发的舆论，现在这样，却有异常的影响力。"

6月16日，杜威在家信中说三个"卖国贼"已经辞职，学生罢课已经停止了。6月20日，又告诉女儿："我发现我上次把这里学生们的第一次示威活动比作大学生

们的起哄闹事，这是有欠公允的；整个事情看来是计划
得很周密的，并且比预计的还要提早结束，因为有一个
政党不久也要举行游行示威，学生们怕他们的运动（在
同一时间内进行）会被误认为被政党利用，他们希望作
为学生团体独立行动。想一想我们国家十四岁以上的孩
子，如果领导人们展开一场大清扫的政治改革运动，并
使商人和各行各业的人感到羞愧而加入他们的队伍，那
可是难以想象的。这真是一个了不起的国家。"

7月2日，他在家信中写道："这里的政治气氛又紧
张了。据说中国代表团没有在和约上签字。"两天以后，
他又写道："中国不签和约，这件事所含的意义是什么，
你们是不会想象得到的。不签约这件事是舆论的胜利，
而且是一些青年男女学生们所掀起的舆论。"

在后来发表的《中国的学生反抗》等数篇文章中，
杜威对五四运动做了堪称全面、详细的记述，其中，他
直言："最糟的是大学已经变成了监狱，而许多军队围
着它搭起了帐篷，外面还张贴一张公告，说明这就是演
讲妨碍和平的学生的囚禁之地。这是不合法的，等于用
军队查封一所大学，而后其他的团体就非对政府让步

不可。"

　　从杜威的家信和文章中，可以看出他对"五四"的观感尚缺系统的背景，一些判断事后又被他自己所否定。1919 年 12 月，他发表在《亚洲》杂志上的《中国人的国家情感》一文告诉西方人：五四运动是"中国国家感情存在与力量的突出证明，如果还有什么地方的人对中国人爱国主义的力量和普及程度抱怀疑态度，那么这种证明就是深切而且令人信服的教训"。

　　作为一位哲学家，杜威对"五四"的关注不限于具体细节，而是以小见大，他说，"我们正好看到几百名女学生从美国教会学校出发去求见大总统，要求他释放那些因在街上演讲而入狱的男学生。要说我们在中国的日子过得既兴奋又多彩的确是相当公平，我们正目击一个国家的诞生，但通常一个新国家的诞生并不是一件简单的事。"这些表达证实了他的关注程度和深度高到什么地步，几乎接近于外国驻中国的专业媒体记者。

著文、演说、会见：
杜威与中国的互动

随着观察的深入，有意无意间，不知不觉中年届六十的杜威深深陷入了中国的那场风云际会中，成了广义五四运动的参与者，并以独特的身份和与众不同的思想观念与整个中国社会形成互动。

杜威参与互动的第一种方式就是在媒体上公开发文章，他先后写了《中国的学生反抗》《学潮的结局》《中国政治中的新催化剂》等涉及五四运动的文章，还在家信中反复讲述"五四"相关的情形，其中《我们正目击一个国家的诞生》《有些地方他们比我们更民主》《我们看到了中国活生生的一页史实》《中国真正的觉醒》等直接讲到五四运动，并给予较高的评价："你无法想象未签署巴黎和约对中国有多重大的意义，这可说是属于公众舆论的胜利，也可说归功于这些男女学生的推动，当中国能独立做到这类的事情时，美国实在应该感到羞愧。"

参与互动的第二种方式就是与各方面人士的交往。

杜威后来回忆说，在中国的早期日子里，最高兴的一天是5月12日与孙中山先生的见面，当晚孙中山亲赴沧州别墅拜访杜威博士，并共进晚餐。在餐桌上两人就"知行合一"的问题进行探讨，孙中山认为中国传统的"知易行难"使人们崇尚空谈，知而不行，他反其道而行之，告诉杜威即将出一本证明"知难行易"的书，并征求这位哲学家的意见。杜威听完孙中山的阐述颇受触动，支持孙中山的"知难行易"说，使孙中山感到十分欣慰。杜威得出在中国人中或许有争议的结论，"前总统孙中山先生是一位哲学家"，杜威因得出孙中山是哲学家的判断而淡化了他革命者的真实身份。这件事说明由于信息不对称，杜威在这样的互动中也可能产生误判。无论如何，在杜威的回忆中："那天傍晚，与前总统孙中山先生在一起感到很高兴。"

在杜威离开中国前一个月，纽约发行的《中国学生月刊》上刊文道："杜威先生在中国的行程是非常成功的。从他抵达中国到现在，所到之处都受到热烈的欢迎。一些银行家和编辑经常去他的住处拜访；一些教师和学生则集聚在他的教室里；一些社团竞相接待他，听他的讲演；一些报纸竞相翻译并刊登他的最新言论。他的发言和讲演被竞相阅读，他的传记被精心撰写。人们认真地评论他的哲学，并毫不费力地记住他的名字。"

有人将杜威思想在中国的传播表述成一个梯级链式结构，首席代言人是胡适，还有他的学生陶行知、张伯苓、蒋梦麟、郭秉文、郑晓沧、陈鹤琴、李建勋等人，还有一些并非他的学生的热血青年，其中一个重要的代言人是毛泽东。毛泽东通过胡适受到杜威的很大影响。《西行漫记》中毛泽东在延安曾对斯诺讲："我非常敬佩胡适和陈独秀的文章。他们代替了已经被我抛弃的梁启超和康有为，一时成了我的楷模。"由于受到胡适"少谈些主义，多研究问题"主张的影响，毛泽东 1920 年从北京回到长沙后就组织了"问题研究会"，在毛泽东为研究会所拟定的首批亟待研究的"问题"中，就包括"杜威教育学说如何实施问题"。毛泽东在长沙创办的"文化书社"所经销的图书中包括《杜威五大讲演》《实验主义》《现代教育的趋势》《美国政治的发展》等多种杜威的著作。

互动的最主要也是发生影响最大的方式当然还是讲

座。5月18日下午7时，杜威在南京高等师范学校演讲《真正之爱国》，5月25日晚演讲《共和国之精神》，各校学生听讲者3000余人，从讲题看就是对五四运动的直接回应。5月底杜威离开南京，前往北京、天津演讲。自1919年4月30日从上海下船到中国，到1921年8月2日从青岛登船由日本回美国，杜威除了作为北京大学的客座教授向高级班的学生直接用英语教学，还作了200余次演讲，足迹遍及中国当时22个省中的奉天（今辽宁）、直隶（今河北）、山西、山东、江苏、浙江、湖南、湖北、江西、福建、广东11个省和北京、上海、天津3个城市，由于听讲者十分踊跃，杜威在"那些省城里的讲演都被安排在最大的会场里，那是必要的"。"听他讲演的，不仅有学生和教师，而且还有其他知识阶层的代表。这些地方的报纸，也充分报道了杜威的讲演活动。在许多情况下，杜威所作的讲演都由一位速记员记录下来，然后发表在一些广泛发行的小册子上。"

当杜威来华的资助者和从前的学生在上海第一次见到他时，都希望他能在讲演中推动中国教育现代化。实际上，杜威后来在中国各地讲演的内容远远超出这个范围，在以教育为主要内容的情况下，杜威在中国演讲的主题有：民主政治；科学的实验主义方法；基于民主政治的哲学和教育，以上三个主题组成一个三角形，不仅与"五四"的主题深度切合，借助当时全国各地报纸对杜威的访问和讲演活动所做的充分报道，成为很多人参与运动新的校准和推动力。

从传统到现代：
杜威与"五四"的深层关联

杜威与"五四"的深层互动显然在文化方面。1915年就开始兴起的新文化运动，是五四运动爆发的思想条件，也是推进中国现代化的启动器。新文化运动的主题是民主和科学，五四运动也以此为主题，但前者是文化运动，后者发展成了暴力事件。

与当时众多中国人与儒家传统激烈对立，高喊"打倒孔家店"不同，杜威对中国传统文化进行理性地批判。杜威总想通过不同的角度不厌其烦地告诉中国人，现代文明的精髓在于精神文化。他还毫不客气地指出了传统中国文化的痼疾所在，为中国人表现出来的对国家问题的冷漠而震惊。在上海时，他问一个中国人对日本占领"满洲"的看法，后者神色自若地答道："哦，那是满洲人的事儿。"他有一天从清华大学回到住处，看到一个行人被马车撞翻在街道上，受伤很重，但行人却不予理睬，最后还是一群外国人把伤者送到医院。这件事使杜威觉得中国人的冷漠是否属于一个民族心理习惯的问题，后来他判定问题在于中国人的保守，在于他们对自然、对土地的依赖超出了对国家的关心。

1919 年 8 月他和胡适等人到山西，在《学问的新问题》的讲演中说：人们必须要把握时代的变化，用科学的态度和方法去解剖不合时宜的传统文化，看清文明的真义。为了使中国人更好地认识到自己的保守习惯，使新文化运动履行自己的使命，杜威还分析了中国保守主义的思想根源。他在《中国人的生活哲学》一文指出，保守是促使中国国力羸弱的主要原因。而其缘起，则要追溯到老子与孔子哲学。他对孔子等中国传统文化中的儒家和道家抱温和的态度，甚至在很大程度上他接近于道家的处世哲学。

1919 年 10 月 19 日晚，教育部、北京大学、尚志学会、新学会等在中山公园今雨轩为杜威举行六十岁晚餐会。由于这年杜威的生日恰与中国农历所记孔子纪念日在同一天，蔡元培代表北京大学所做的祝词中称："我所最先感想的，就是博士与孔子同一生日……博士的哲学，用 19 世纪的科学作根据，用孔德的实证哲学、达尔文的进化论、詹美士的实用主义递演而成的，我们敢认为是西洋新文明的代表。"他还说："我觉得孔子的理想与杜威的学说很有相同的点。这就是东西文明要媒合的证据了。但媒合的方法，必先要领得西洋科学的精神，然后用它来整理中国的旧学说，才能发生一种新义。"并将两人的思想作了比较，在列举二人因材施教等相同之处的同时也指出相异之处：孔子尊王，杜威博士提倡平民主义；孔子说女难养，杜威说男女平权；孔子述而不作，杜威倡导创造。一年之后，1920 年 10 月 17 日，北京大学举行典礼授予杜威名誉博士学位，蔡元培称杜威为"西方的孔子"，杜威本人对此没有反感，反而说"留下了深刻的印象"。

杜威认真地体验古老中国的习俗，由衷敬佩中国民众创建共和的巨大热情，并在《新共和》与《亚细亚》两本杂志上发表几十篇文章，内容主要为向西方介绍中国，并在某种程度上有为中国辩护的意味。1920年，杜威写了《中国的新文化》一文，他一方面大力宣扬"新文化运动为中国未来的希望打下了最为坚实的基础"，另一方面则试图让中国人相信，只要改变传统的思维方式，那么政治、经济、军事、技术等的改革也将随之水到渠成。

他要求人类认识自己生活的"集体化时代"，"旧的个人主义已经破产了"，需要"创造一种新的个人主义"。1920年初，杜威在天津学生联合会讲解《真的与假的个人主义》时阐明：为我主义是假的个人主义，个性主义是真的个人主义，真的个人主义具有独立的思想、个人对于自己的思想信仰要负完全责任。

有人认为正是杜威轻视主义，重视问题，很科学而无信仰，世俗而唯物，深获中国（文）人之心，为后来反宗教信仰的唯物主义的胜利铺平了道路，引发1922—1927年持续五年的"非基督教运动"，带来中国思想的大转型。如此归因显得证据不足，杜威所倡导的男女平等、种族平等、不同信仰平等，文化多元，政教相对分离，在不伤及共存的前提下尽量扩大人的自由，最大限度避免暴力使用，这些是 500 年来人类的进步大趋势，大潮流。

杜威所倡导的用科学的实验方法去推进社会变革是实现民主的基础。他认为："从理论上说，民主方法就是通过公开讨论来进行说服……用讨论的方法替代压制的方法的意志表现。"因此他反对暴力革命，理由是暴力的手段只能带来暴力的结果。他看到中国公共集会的场所少，并在《德谟克拉西的真义》一文中坦率地表示"这是一个大缺点"。并告诉听讲的学生："你们以各人的知识，一点一点去改革，将来一定可以做到吾们理想中的大改造。"

在这点上，1920 年由苏联到中国北京大学做客座教授两年的罗素与杜威有相同判断，他感受到中国人有非常普遍的痛苦与仇恨，根本原因在于外寇入侵和贫富差距太大，他在后来的《远东问题》中预言："中国人会在很短时间内放弃一切传统价值走向极端暴力式的革命，中国会因为极端暴力式的革命而衍生非常暴烈文化。"再经过一段时间后，"中国人会认识到暴力不能给他们带来幸福与和平，中国人会在经过一段时间后重新将儒家思想和西方文明结合，创造人类历史上另一次很伟大的文明"。

杜威曾与罗素在湖南督军谭延闿家共进晚餐，在湖南工会发表演说时他说，希望中国的雇主和劳工之双方进步与进化，不蹈阶级战争之覆辙。资本家对于劳工，互相提携，以增进其幸福。杜威重视蓝领阶级利益和教养，但他不鼓动蓝领阶级去掀翻整个旧世界。他认为平民主义政治的两大条件是：一个社会的利益须由这个社会的所有成员共同享受；个人与个人、团体与团体之间，须有圆满的自由的交互影响。

杜威主张平民主义的教育须有两大条件：须养成智能的个性（Intellectual individuality）；须养成共同活动的观念和习惯（co-operationinactivity）。就是要有独立思考，独立观察，独立判断的能力。使青年人能用他自己的头脑把由经验得来的想法一个个实地验证，对于一切制度习俗都能存疑问的态度，不要把耳朵当眼睛，不要把人家的思想糊里糊涂认作自己的思想。"共同活动"

就是对于社会事业和公众关系的兴趣，要使人人都有一种通力合作的天性，对于社会的生活有浓厚的兴趣，否定了把一部分社会成员打翻在地再踏上一只脚就能造成社会飞跃的进步逻辑。

1921 年 7 月 11 日，杜威一行离开北京赴山东访问。7 月 18—23 日在济南讲演后，7 月 25 日—8 月 1 日游泰山、谒孔庙、游览青岛，于 1921 年 8 月 2 日偕夫人和女儿一起离开青岛取道日本回国。离开中国前谒孔庙，也许是接待方的安排，但至少说明杜威是同意的。

上述事实表明，如果当时中国五四运动的众多发起者存有杜威那样对待中国传统文化的态度，新文化运动将朝着理性、温和的方向发展，五四运动根本就不可能发生，也不会有后来非基督教运动中的暴力事件发生。而现实中的众多中国人就如杜威所言，他们在"沮丧中变得极度悲观和痛苦"，从而引发了改变新文化运动方向的五四运动。

一切基于信仰的绝对真理，
都应该受到质疑

回首一百年前的五四运动产生的影响，它对教育的影响延续得最为稳定，这些影响中包含了杜威所发挥的作用。

杜威主张用科学和实验的方法解决社会和人生的问题。他认为"实验的方法，是保障世间人类幸福的唯一的保障"。"使人生的行为，受知识支配，不要做无意识的盲从。"跟卢梭与马克思一样，杜威认为一切基于信仰的绝对真理都应该受到质疑。这点给社会带来巨大的改变，也引发人们的诸多争议，因为依靠科学实验产生的理性来了，就意味着上帝死了，人类的精神家园在何处？18-19世纪科学的巨大成功使科学和理性成为许多人的宗教。唯物论和理性崇拜是一大批优秀科学家、思想家的共同特点，并非仅仅杜威少数人。

接下来的问题是，教育是建立在宗教主义所坚守的不变人性的信念基础之上，认为人是观念与信仰的动物，还是建立在尊从人的天性的信念基础之上。受达尔文和马克思的影响，杜威主张儿童中心，注重生活在教育中的作用。他呼吁在学校中进行一次"以学生为中心"的学习活动"哥白尼式革命"，在学校中应将中心从教师转向学生。与那种类似马戏团训练动物的传统教育方式战斗，强烈反对填鸭式灌输知识的学校教育，代之以鼓励发展学生的"思考技巧"和独立性。要追求生长和成长（growth）。

所以，在教育上，杜威主张公共教育是政府的责任，要确保机会平等；教育的目的有个人组成的社会决定，让学生成为主动、活泼、独立、有创造力和判断力的人；在共同生活中养成协作和服务的精神与能力，做一个能与他人合作并参与共同治理社会的人。杜威认为："中国的保守主义既非本土的，也非自然出现的，它主要是一个呆板的死记硬背的教育体制的产物，这种教育植根于用一种僵死的语言作为教学手段。"

一个夏日的午后，杜威、胡适、蒋梦麟三人在北平西山看到一个屎壳郎在奋力推泥团，屡败屡战，胡适和蒋梦麟都称赞屎壳郎有恒心和毅力。杜威却说，它的毅力固然可嘉，它的愚蠢却实在可怜。因为按照杜威提出的实验主义反省"五步思维法",屡屡失败的屎壳郎应该停下来想一想自己需要解决的问题,哪个环节出了问题。

杜威1921年离开中国,他参与全国教育会联合会等机构制定的《学制改革案》,1922年11月1日以大总统的名义颁布,史称"壬戌学制",标志了中国现代教育制度的建立,其中强调了体现杜威教育观念的七条原则:适应社会进化之需要,发挥平民教育精神,谋个性之发展,注意国民经济力,注意生活教育,使教育易于普及,多留各地伸缩余地。新学制第四条规定:"儿童是教育的中心。儿童个性的发展,在创立学制时,应予以特别注意。嗣后,中等和高等学校,必须实行选科制。所有的小学,编级与升级必须实行弹性制。"1923年的新小学课程和1929年的修正课程也都是着重于"儿童是学校中心"这个观点,都反映出杜威的教育哲学对于中国教育的影响。新学制和新课程的基本框架一直沿用至今。

杜威对中国的新文化运动产生了催化的作用,中国的新文化运动不仅仅停留在书本、文章和各种争论上,最终演化成了一场由文化深入到各个层级的民智启蒙。

中国之行也给杜威的人生产生深刻影响，杜威在1920年1月13日给哥伦比亚大学哲学系主任科斯的信中写道："这是我一生中所做过的最有趣的和在智力上最有用的事情。"他的女儿简·杜威1939年在《杜威传》中说："不管杜威对中国的影响如何，杜威在中国的访问对他自己也具有深刻的和持久的影响。杜威不仅对同他密切交往过的那些学者，而且对中国人民表示了深切的同情和由衷的敬佩。中国仍然是杜威所深切关心的国家，仅次于他自己的国家。……对他的学术上的热情起了复兴的作用。"

胡适当年送别杜威时说："我敢预定：杜威先生虽去，他的影响仍旧永永存在，将来还要开更灿烂的花，结更丰盛的果！"

1920，罗素在中国

孙文晔

罗素带着真诚而来，但种种错位和误读，最终使人们由期待变成了失望。对于报刊上出现的罗素主张，陈独秀曾写信质询，但没有收到回信；毛泽东在湖南听了罗素的讲演，说他是"理论上说得通，事实上做不到"；鲁迅、胡适、周作人等各派人士对罗素也是各种"看不惯"。虽然遇到了种种尴尬事，但这位名哲对中国却充满善意，并且在临别之前留下诸多发自肺腑的建议。

1920 年，英国哲学大师罗素应邀远道而来。这是五四时期继杜威访华后，影响中国知识界的又一件大事。

这次访华不仅引起轰动，也引发了不少争议，"社会主义思想论战"就是由他而起。

罗素带着真诚而来，但种种错位和误读，最终使人们由期待变成了失望。对于报刊上出现的罗素主张，陈独秀曾写信质询，但没有收到回信；毛泽东在湖南听了罗素的讲演，说他是"理论上说得通，事实上做不到"；鲁迅、胡适、周作人等各派人士对罗素也是各种"看不惯"。虽然遇到了种种尴尬事，但这位名哲对中国却充满善意，并且在临别之前留下诸多发自肺腑的建议。

如今，罗素的中国之旅已成历史，但他在 1922 年写就的《中国问题》一书，仍有很多真知灼见言犹在耳。

接到讲学邀请

对很多中国人来说，伯特兰·罗素恐怕是西方哲学家中名气最大的了。他不仅名头多，而且寿命长、情人多、段子多，以至于今人仍常在微博、微信里遇见罗素，品味着他的只言片语。

一百年前，罗素在中国知识界中的声望，更甚于今。

新文化运动兴起时，张申府是《新青年》的编委，他首次在杂志上向国人介绍了罗素。1919 年至 1920 年，在不足十四个月里，张申府就翻译、注释和撰写了十篇罗素论文。《新青年》只给三个人办过专号：前两个是马克思和易卜生，第三个就是罗素，其学术地位可见一斑。

对这段历史，张申府曾骄傲地写道："有些现代的新学说新人物是我第一个介绍到中国来的，有些名字也是我第一个翻译的，后来都流行了，比如罗曼·罗兰、罗丹、罗讷、巴比塞、伊本讷兹等都是。以后大大同情中国的罗素尤其是，这是我对于国家的一种贡献，我深自引以为光荣。"

对于这位二十五岁的罗素专家，罗素本人是认可的，他曾在一封给友人的信中讲："中国的张申府先生，比我还了解我的著作。"

作为建党时期的重要人物，张申府曾和陈独秀、李大钊联手创办了《每周评论》，还是周恩来、朱德的入党介绍人。1922年，张申府以"R"为笔名在共产党刊物《少年》上频繁发表文章，采用这个字母有三层涵义："俄国"（Russia）、"红色"（Red）和"罗素"（Russell）。这个笔名的意思，即"我是红色的罗素"。

从张申府身上，中国知识界对罗素的崇拜可见一斑。当时北京大学还做过一次民意测验，问题是："中国之外谁是世界上最伟大的人？"参加者1007人，测验的结果是列宁第一，威尔逊第二，罗素第三。

其时国人敬重罗素，不仅因他是一位非常渊博的大哲学家，更因为他是社会改革的导师，是勇于为民请命的耿介之士。

罗素出身于英国伯爵之家，第一次世界大战改变了他，他宣称："我是因为战争结果，从自由主义改变到社会主义。"作为著名的反战人士，他发表了澎湃的时评政论，并因言获罪，被革了职，罚了款，还曾入狱半年。

1920 年 5、6 月份，作为战后西方世界的寻路者，罗素踏上了苏维埃社会主义加盟共和国的土地。一心想取得"社会主义"真经的他，东奔西走地考察，与列宁等大人物对谈，历时一个月，但看到的却并非是他所想象、向往的社会主义。他感慨人民的生活依旧贫穷；也不喜欢个性受到限制；空气中弥漫着的压抑感，让他感到疑惑、失望。

6 月 30 日，回到伦敦的罗素被深深的幻灭感折磨着。恰在此时，在大量积压的信件中，他意外地发现了一封来自中国的讲学邀请。

信中邀请他到中国讲学一年，酬金除往返差旅费外加两千英镑，讲题包括哲学、科学和政治思想等内容，具体由本人自定。然而，罗素却很难把这封信当真，信中没有讲明主聘单位和具体的讲学地点，写信的傅铜和转寄此信的缪尔赫，罗素更是全然不认识。

抱着开玩笑的心态，罗素回信要求对方先寄二百英镑定金，没想到对方痛快地寄来了支票。谁会拿这么多钱开玩笑呢？罗素当时处于低潮期，情感不顺，政治上也受到左右两派的围攻，正想找个地方散散心，他 7 月

6 日复信，答应"本年或明年秋间必可来华"。

两千英镑的讲学费用并非小数。为此买单的神秘机构为什么连自己的大名都不提一下？原来，这是一个梁启超正在筹办的机构，当时只有构想，没有实体。

有一种观点认为：邀请罗素讲学的"总负责人"不是陈独秀、李大钊、鲁迅，也不是蔡元培、胡适，而是发表了悲凉的《欧游心影录》从而有"守旧复古"之嫌的梁启超，难免"有点令人沮丧"。然而，从讲学社的缘起及运作方式看，此事又非梁启超不可。

请知名学者访华，不仅费用高昂，而且南北各地巡回讲演，组织工作繁重，需要众多资源，这就决定了，必须要有跨团体、跨区域、跨学界、跨思想界的大合作。

1919 年杜威来华，起初是应胡适等弟子之邀，但他抵达后，北大的预算却出现了严重缺口，事先承诺的酬金一时无法筹措。胡适和蔡元培一筹莫展，只好求救于教育总长范源濂，后者"极力主张用社会上私人的组织担任杜威的费用"，并邀请尚志学会、新学会等筹款加入。

尚志学会等几个学会虽然名称不同，但背后的掌舵人都是梁启超。梁启超虽然与胡适政见相左，但却慷慨伸出援手，促成学界共襄盛举。后来，杜威续聘一年，也是靠梁启超的讲学社出资。

依戏剧大家焦菊隐的说法，欧游归来的梁启超告别政坛，转入文化教育，非但不是"悲凉""守旧复古"，相反，他抱雄心壮志，想高举新文化大旗，在中国大干一场。

为此，梁启超规划蓝图，组建了三个机构：一是读书俱乐部，与松坡图书馆合并，提倡研读新书；二是设立共学社，与商务印书馆合作，编译出版新文化丛书；三是发起讲学社，每年请一位国际知名学者来华讲学。

梁启超在欧洲时，曾登门邀请过"生命哲学"的创始人柏格森，但他因故不能来。

恰在此时，杜威在讲演《现代三个哲学家》中多次推崇罗素，称其为西洋三大哲学家之一，称其数理哲学深奥得连自己也不明白，中国知识界对罗素的热烈期待，也就可想而知了。

王敬芳和傅铜向梁启超提议邀罗素来华讲学，梁当即表示同意。于是这封信由北大哲学系讲师傅铜执笔，寄给他在英国伯明翰大学留学时的指导老师缪尔赫，并由缪尔赫加上他本人的介绍信，转寄罗素。

信寄出去的时候，讲学社还八字没一撇，所以就没写主聘单位。

最初，梁启超仅考虑以中国公学的名义请罗素，或再加上尚志学会与新学会，以便分担费用。后徐新六提议，"大学一部分人必邀其帮忙"，这不仅在京有益，罗素到各省讲演，尤其需要借助教育界人士。

傅铜的意见则更显开阔，他把此事提高到了国民外交的高度，宜作长久计，年年延聘。这种类似基金会的设想，使得组织不再局限于民间，可以理直气壮地向政府"化缘"。

梁启超在写给张东荪的信中写明，讲学社"经费政府每年补助二万元，以三年为期，此外零碎捐款亦已得万元有奇"。

"五四"以后，教育经费紧张，连北大老师都常被欠薪。两万银元按购买力计算，相当于现在的好几百万元，堪称一笔巨款。要不是梁启超当过北洋政府的财政部长，又肯亲自向大总统徐世昌游说，怎能获如此支持。

9 月，梁启超与蔡元培、汪大燮等人正式成立讲学社，罗素成为该社聘请的第一位学者。

在讲学社的推动下，1919 年至 1924 年，先后有五位国际著名学者应邀来华讲学，包括杜威、罗素、孟禄、杜里舒和泰戈尔，他们分别来自美、英、德、印四个国家，每人讲学时间不等，长者两年多，短者数月。

对每一位大咖，主办者都会安排中国学者介绍其学说梗概，预为铺垫；组织大江南北巡回演讲，配以高手翻译；媒体全程报道，许多报纸杂志还辟有专栏与专号；讲演中译稿不仅全文刊发，且迅速结集出版，各地热销。

在长达六年的时间里，每年都有一位享誉世界的学者在华讲学，每年都形成一个热点，虽然学者的影响各有侧重，但作为整体，构成了"五四"后的文化壮举。

遗憾的是，"五四"以后，中国的文化界已经出现分化，有讲"问题"的，有谈"主义"的，还有强调"东方文化"的，在中国应如何改造这样的大是大非问题上，知识界陷入了深深的分裂。

虽然讲学社想把罗素作为中国新知识界共同的客人，

但由于梁启超曾是民初"进步党"的党魁，在"五四"时期还领导着由"进步党"演化而来的"研究系"，因而由他们出面来邀请、接待罗素，自然也带来了消极影响。冯崇义在《罗素与中国》就说，这样一种安排，影响了罗素同陈独秀、李大钊等激进人物的接触。

对于中国思想界的恩恩怨怨，罗素自然不明就里，他哪里知道，访华之旅从一开始就蒙上了阴影。

上海，初识的尴尬

博学的罗素，早就读过中国的唐诗和老庄之书，他那本论述社会改造的书——《到自由之路》，卷头就题有老子的名句："生而不有，为而不恃，长而不宰"。

此时到中国去，也很契合他的心境。"一战"的野蛮厮杀，让他对西方文明感到绝望；对苏俄的实地考察，又使他困惑不已。他热切希望考察不同于西方和苏俄的"异质文明"，从中国这个遥远的文明古国寻求拯救西方的智慧。

他在《中国问题》一书中写道，访问苏俄"带给我可怕的心灵痛苦，觉得西方文明的希望越来越微。正是在这种心境中，我到中国去寻求新的希望"。

8月，他由情人朵拉·勃拉克陪伴，乘着"波多"号法国客轮，踏上了去中国的茫茫海路。一个多月的海上漂泊，枯燥、乏味。同船有一群罗素的英国同胞，知道他去过苏俄，便都好奇地催他说说见闻。

罗素侃侃而谈，但他的报告里却有所选择。因为他已摸清这帮同胞有橡胶园主、大商人，都是资本主义制度的宠儿，他可不想在他们面前丢社会主义的丑。因而对苏俄尽拣好话说，隐去了失望和不满。

富人们立场鲜明，都无法容忍他"亲俄""通共"的表现，更不满他的"布尔什维克宣传"。船到上海时，一帮人还情绪激愤地向船长提出，不许这个"反英分子"登陆上岸，更有甚者，偷偷给北京的英国总领事馆发去电报，告发了他的种种"罪行"。

事情一下被升级、闹大了。驻京英方人员立即给伦敦的外交部和国防部通报情况，回音传来，国防部认定依照《战时条例》，对有颠覆行为的罗素应立即拘留或遣返回国。但一查《战时条例》，这个月却刚好过期失效。伦敦方面虽然放他一马，但发出明令，对此人要进行严密的"内控"监视。

罗素侥幸逃过一劫，上岸后却发现，竟然没有东道主来迎接，这使他有点不知所措，甚至认为这次邀请也许是一个"奢侈的玩笑"。好在中国朋友很快来到船上，这才不至于让罗素"夹起尾巴悄悄地溜回家去"。

没人接船，不是中方招待不周，而是"波多"号到得太早了。梁启超早在九月中旬就安排学生蒋百里和罗素专家张申府赶到上海迎接，并且精挑细选了赵元任作为翻译。由于罗素的学说十分深奥，因此译者既要有充分的哲学素养，又要兼通数学、现代物理。选来选去，只有二十八岁的清华四大导师之一赵元任能当此重任。他当时在清华教心理、物理两门课，被"借"后便匆匆抵沪，却见"波多"号早已漂在江上，这才知道自己来迟了一天。

罗素本来不开心，但接待到位后，他的不快便消散得无影无踪。中国人把他的衣食住行安排得妥妥帖帖，找不到一丁点儿瑕疵。朵拉在写给母亲的信中说，他俩受到的款待，就像国王和王后。

风度翩翩的罗素还登上了各大报纸的版面，他精瘦而干练，黑白相间的花发，明亮的眼神，脸上挂着淡淡的笑容，给人谦和又善良的感觉。赵元任也在日记中记下对罗素的第一印象：跟我在照片里头看到的非常像，只是比我想象的更高些，更壮些，风度也更优雅些。

记者们想不到的是，这些报道让罗素度过了"三天我有生以来所经历的最尴尬难堪的日子"。

美丽干练的朵拉与罗素同船而来，罗素又刻意没有介绍她的身份，于是媒体凭常理推断，恭敬地称呼她为"罗素夫人"。等记者弄清朵拉是罗素的"剑桥弟子"，而不是夫人时，又一阵着慌，急忙登报更正、致函道歉。

接到《申报》的道歉信后，罗素大度地回信说，这是一件"无足轻重"的事，根本就用不着深究、道歉，同时也转弯抹角地说，"其实他俩的关系，除了需法律上的认可外，与夫妻也没多大差别了"。

如梦初醒的记者们这才发现，眼前不就是一条爆炸性新闻嘛。上海的报章杂志顿时热闹起来。《民国日报》《妇女杂志》等报纸、杂志争先恐后地推出了"离婚问题号""罗素婚姻研究号"，借"罗素式婚姻"对包办婚姻大加批判，将罗素的"自由恋爱精神"大大吹捧了一通。

虽然被中国人称作"自由恋爱"，但罗素心里清楚，这其实是大相径庭的事。罗素与妻室多年分居，正在闹离婚。婚姻之外，他享受着英国贵族圈风行的婚外恋、敞开式婚姻。到上海之前，他身边还有三四个情人，朵拉只是其中之一。

介绍朵拉就够让罗素尴尬的了，应付络绎不绝的上门者则更让罗素为难：他对中国尚且陌生，但拜访者却无一不是以他为改造中国的导师，等着向他索取真经的。如果他给出答案，未免太轻率，不给，中国人又腹诽他滑头。

一封落款为"袁琼生"的信可谓代表了当时进步学子的期待："我们非常高兴，您来救治中国学生的历史性的思想病，我们亟欲求得关于社会革命哲学的知识。"就连孙中山都赶着来见他，只是双方行程冲突而没有见到。

罗素真正想看的，其实是"中国式"的风景，来华第二天他就在小桥流水的半淞园流连了两个多小时。追随罗素行踪的记者们早已看透他的心思，在报上披露说："罗素先生之意，其欲得知中国社会之实况，故欣然游上海，而不愿注意租界内情形。"

当晚，七个知名团体联合设宴，为罗素接风，陈独秀等百余知名人士参加。

第一次接触这么多中国人，罗素发现，他们能用流畅娴熟的英语和他交谈，不时还表现出在这种社交场合所应有的恰如其分的诙谐。"一个有教养的中国人是世界上最有教养的人。"很久以后，他在自传中写道。

国人则回夸他"您是孔子第二啊"。其实夸某人"孔子第二"是中国文人惯用的客套，就在一年前，蔡元培就说过杜威是"孔子第二"。

也许是依然沉浸在半淞园的游兴中，罗素在晚宴中，几乎声声不离中华几千年的灿烂文化，更疾呼，对这样的文化，中国人千万要珍重保存它。

不想，头一次的发声就闹出了风波。在《申报》的报道中，他的演说被冠以一个醒目的标题："罗博士言中国宜保存固有国粹"。

"保存国粹"这四个字，一下触动了许多人的神经。首先发难的是周作人，他在 10 月 17 日《晨报》上刊

发《罗素与国粹》一文，劈头就说："罗素来华了，他
第一场演说，是劝中国人要保存国粹，……但我却不能
赞成。"他还告诫说，"罗素初到中国，所以不大明白中
国的内情，我希望他不久便会知道，中国的坏处多于好
处，中国人有自大的性质，是称赞不得的。"

张申府此时正住在陈独秀家里，一边筹建共产党组
织，一边追星似的跟着罗素。13 日的晚宴，他也在场。
他撰文为罗素辩护称，这场风波是《申报》曲解了罗素
的意思，把"保存国粹"四字加在罗素身上，"很恐不
但诬了罗素，并要误尽苍生"。

双方争论之时，罗素已离开上海一个月，正在北
京讲学，他风闻上海由他引起的一场争论，不得不投书
《申报》，作了自我辩护。不知是出于真心抑或无奈，文
中的他已经改了调门，鼓励中国最活跃的改革者奋步前
进，面对必然不可避免的"美术上损失"，可以"不予
以过分之珍惜也"。

这场风波不大，却是一个转折点：改变了最初一
边倒尽是赞叹、褒扬的气场，对他的责难、质疑渐渐多
起来。

长沙，引发一场论战

在杭州时，罗素对西湖风光大加赞赏，"那是一种富有古老文明的美，甚至超过意大利"。当时天气很热，罗素他们坐轿子翻山，轿夫很是辛苦。走到山顶的时候，轿夫歇息十分钟。罗素在《中国问题》一书中写道："我记得他们很快坐成一排，拿出烟斗，说说笑笑，仿佛世上没有什么愁心事。"

作为一个外国游客，罗素赞扬中国轿夫的乐观友善，这不能说有什么错，至少跟那些把中国人视为劣等民族的"洋大人"有着本质区别。但致力于国民性改造的鲁迅却很不以为然，他在《灯下漫笔》中讽刺道："轿夫如果能对坐轿的人不含笑，中国也早就不是现在似的中国了。"鲁迅是从来不信"神"的，即使对被奉为神的罗素也如此。

杭州、南京之后，罗素又溯江而上，长江上的航行也让他心旷神怡，"与在伏尔加河上旅行的压抑、恐怖形成鲜明对比"。

在湖南长沙，杜威和罗素，当时世界思想界的两大巨擘，第一次碰面了，同来的还有蔡元培、章太炎、张东荪、吴稚晖等中国学界的重量级人物。

蔡元培即将往欧美作为期十个月的文化考察，在赴欧前，他特地赶到长沙，陪同罗素讲学，并当面邀请其担任北大客座教授。

这次中外名人学术讲演大会，可谓风云际会，也深深地影响了当时的一位书记员。1920年10月31日，长沙《大公报》刊登了一篇《和罗素先生的谈话》，署名"杨端六讲，毛泽东记"。其时，正值毛泽东参加和领导的湖南自治运动失败，他不仅前往听讲演，还应邀担任讲演会的特约记录员。

美国人杜威在长沙讲的是教育哲学，学生自治；而英国人罗素，讲的正是毛泽东最关心的《布尔什维克与世界政治》，因此毛泽东给罗素当速记员自然是顺理成章。

讲台上的罗素一派英国绅士风度，神采奕奕，口若悬河，赵元任更是出彩，能用湖南方言进行翻译，并且给英式幽默中的双关语也找到中文的对应词，逗得观众哈哈大笑。显然，罗素比杜威更有人格魅力，但奇怪的是，他在观众中得到的认可却远比不上杜威。

社会主义有很多流派，罗素信奉的是基尔特社会主义，它否定阶级斗争，鼓吹在工会的基础上成立专门的生产联合会来改善资本主义，奉行的是改良而不是革命。

正因如此，罗素一会儿劝中国走社会主义道路，一会儿又对实行国家社会主义的苏俄模式提出严厉批评。由于不能提供一个一面倒的意识形态，一个一锤定音的解决方案，观众先是疑惑不解，"最后是讥评四起"。

思想激荡之后，毛泽东在 11 月中下旬写出了自己的想法，罗素"主张共产主义，但反对劳农专政，谓宜用教育的方法使有产阶级觉悟"，"这在理论上说得通，事实上做不到"。

当时三十岁出头的张东荪，是上海《时事新报》和《改造》杂志主编，又兼上海中国公学大学部主任，自称对罗素"佩服到一百二十分"。他回上海后，在 11 月的《时事新报》上发表了一篇题为《大家须切记罗素先生给我们的忠告》的文章，把罗素说成是在中国实行社会主义的反对者。

这篇文章本就有断章取义或假传圣旨之嫌，又与布尔什维克思潮迎头相撞，引得陈独秀率先发难。他在公开信中对罗素表示不满：你主张中国第一宜讲教育，第二宜讲开发实业，不必提倡"社会主义"，这话真是你讲的，还是别人弄错了？……这件事关系中国改造之方针，很重要，倘是别人弄错了，你最好声明一下，免得贻误中国人，也免得进步的中国人对你失望。

据说，罗素曾给陈独秀回过信，但是中途遗失了。不过，即便收到了，恐怕也难以让陈独秀满意。此后，许多左翼人士都以为罗素是站在张东荪一边的。

12 月，李大钊、陈独秀、李达、陈望道、邵力子、蔡和森等左派们火力全开，以《新青年》杂志为阵地，借着讨伐张东荪，重炮猛轰了一通基尔特社会主义。

以"南陈北李"为代表的共产主义者认为，中国若要发展社会主义，实行"保护资本家的制度"这种改良的方法，不仅"理所不可"，而且"势所不能"。

关于改良还是革命的社会主义论战，跌宕起伏。罗素本人肯定没想到，他的中国之行会成为中国共产党在思想和组织上"由自发走向自觉"的重要一环。

依据现有资料，人们甚至无法证实罗素看到了陈独秀的公开信。他从未回应这场论战，只在自传里写了一个笑话：

> 我要离开北京时，一位中国朋友赠我一块极小的手刻板面，上的字迹细微难辨，他又将这段文字用优美的书法写出送给我。我问他这段话说的是什么，他回答说："等您到了家的时候去问瞿理斯教授吧。"我听从他的意见这样做了，才知道那是一段"巫师卜辞"，在这段卜辞中，巫师只是劝向他求卜的人去做自己想做的事情。那位中国朋友是拿我打趣，因为我总是拒绝对中国人当前的政治难题给他们提出建议。

很长一段时间，罗素都避免谈到"中国改造"的问题，更很少直接回答或给予明确的答案，总是以"对中国问题尚待观察和思考"为由，予以婉拒。恐怕他心里也清楚，自己说的话不过是"巫师卜辞"。

吊诡的是，罗素遭到"进步的中国人"抵制时，却差点因为在华宣传"危险思想"而被北洋政府驱逐出境。所谓的"危险思想"，可能是指他撰写的《共产主义理想》一文，上海的共产党小组曾将此文印为传单。

北大，每周讲学两次

罗素于 10 月 31 日抵达北京。讲学社给他的待遇比原先约定的还要优厚许多，除负责所有差旅费外，支付的酬金足够租住一所宽敞的四合院。罗素与朵拉、赵元任一起住在东城遂安伯胡同 2 号，他们用中式的古董家具布置房子，还雇用了专门的厨师、家童、人力车夫和裁缝女佣，生活相当舒适。

他们经常把星期一作为休假日，并时常到天坛去做一日游。"它是我有幸看到的最美的建筑了。我们会无言默坐，沐浴着冬日的阳光，沉湎在和平静谧之中，然后离开那儿回来准备以镇定和平静的心情面对我们自己那个混乱的欧洲大陆的疯狂和苦痛。"

11 月 19 日，讲学社在北京美术学校礼堂为他举行欢迎会。也许是对社会主义论战有所感触，梁启超致欢迎辞，并借此亮出讲学社不分地域门户的宗旨。他说："我们对于中国的文化运动，向来主张'绝对的无限制尽量输入'……至于讲学社，好像我们开一个大商店，只要是好货，都要办进，凭各人喜欢买哪样就买哪样。"

不过，梁启超的胸怀并不是谁都有的。据赵元任晚年回忆，胡适告诫他要小心，不要上了进步党的当，并试图阻止他应聘罗素的翻译，因为胡适认为，梁启超等人想借机"提高其声望，以达成其政治目标"。

对于胡适的抵触态度，梁有所耳闻，并主动与他沟通过。1920 年 8 月 30 日，胡适在日记中写道："梁任公兄弟约，公园，议罗素事。"不过，胡适对罗素始终心怀芥蒂，访华九个月中，他俩连一面之缘都没有，甚至最后罗素的告别演讲，也因"为雨后泥泞所阻"未能如愿。胡适自己笑称"无缘"，其实是"无心"。

或许是为了表明讲学社并无"挟洋自重"之意，梁启超等"研究系"人士与罗素没什么深交。在北大，罗素每周讲学两次，到 1921 年 3 月为止，除了临时追加的一些单篇讲演外，陆续还进行了五个系列的讲座："哲学问题""心的分析""物的分析""社会结构学"和"数学逻辑"，均与研究系的主张无关。

北大师生还发起了一个"罗素学说研究会"，罗素每周参加他们的讨论会，自然也想把"绝活儿"数理逻辑传授给这些资深的中国弟子。但他只讲过一次，学生都说听不懂，还抱怨这不是哲学。连罗素都不得不承认，这些围绕在他身边的人，"除一人是满清皇族外，都是布尔什维克"，他们不想听技术哲学，只需要社会改造的建议。

一位自称已经研究"哲学"多年的成员，在参加了该研究会第一次讨论会后，便写信给赵元任抱怨："我发现他的研究班仅仅局限于技术哲学，这使我很失望。现在我冒昧要求不再参加以后的讨论会。"

深入到学术领域的交流后，感觉苦恼的不仅是中国学生，罗素自己也开始抱怨："当一切都变成了例行公事，中国的欢乐便消失了。"他感到，与北京的学生们在一起，对他本人的哲学进展毫无帮助，与他们讨论高深的哲学实际上是徒劳无功。

不难想象，罗素在华十月，表面虽然热闹，内里却知音难遇。他也直言不讳地写出对中国知识分子身上一些习气的看法，比如："中国人绝对有礼貌，喜欢阿谀奉承，但你仍会觉得他们很神秘，说话很含蓄。他们相互之间的对话经常让我们不知所云。"

1921年春，在保定育德中学的一次演讲中，礼堂没有生火，而绅士的罗素坚持要脱掉外套演说，结果引发肺炎。连日高烧，最后竟至病危，不得已请杜威为他拟好了遗嘱的草稿，还作为见证人在委托书上签了字。

日本报纸未经核实就发布了罗素的死讯，这个消息从日本传到美国，又从美国传到英国，和罗素离婚的消息登在同一天出版的英国报纸上，也让罗素读到了各种对于自己的讣告。作为报复，罗素日后回敬日本记者一个字条，"由于罗素先生已死，他无法接受采访"。

自传中，罗素还打趣说，中国人要把他葬在西子湖畔，并且修一座祠堂来纪念。"这并没有成为事实，我感到有点遗憾，因为那样我本会变成一个神，对一个无神论者来说，那倒颇为风雅。"

幸运的是，洛克菲勒集团提供了血浆，帮罗素闯过了肺炎这一关，让他成了和杜威一样长寿的哲学家。不过，他早已无心逗留，只想提前离开中国。在给英国情人的信中，他说："患病之前我就已讨厌中国的北方了，这里很干燥，而且人也冷酷无情。我深感疲惫，归心似箭。"

另外，朵拉此刻已经怀孕，这是罗素的第一个孩子，他已经四十九岁了，一直期盼着自己能有个后代，此时他只想回英国迎娶朵拉，给孩子一个名分。

7月，刚能拄着拐杖行走，他就迫不及待地买好了船票，准备与杜威同日离京。作为送给中国的礼物，他在欢送会上，作了《中国走向自由之路》的演讲。这次，他再无保留，一口气为中国提出了十几条建议。

最让中国人吃惊的是，他不再含糊其辞，而是就中国的现实问题、走什么道路开出一剂药方：国家社会主义。他说："在目前产业幼稚、教育不普及的中国，不能模仿西方的模式采用民主的体制，而必须经过一个专制的过渡期。若避免资本主义而发展实业，需仿效俄国的方法，第一步惟有采用国家社会主义为最切当。"

"走俄国人的路"，这是当时中国共产主义者得出的结论，也是罗素最终指给中国人的方向。对此，保守派和改良派自然是强烈不满。

张东荪对罗素期望最高，失望也最深。罗素离华半个月后，他在《后言》中抱怨这段离别赠言"有许多地方和他向来的主张相矛盾"，"自己的思想还未确定，如何能知道我们呢？"

就连胡适都发现了：罗素虽然是梁启超请来的助战者，却也是一位与他们的主张不那么合拍的"助战者"。他作了一首题为《一个哲学家》的诗来奚落他："他看中了一条到自由的路，但他另给我们找一条路。这条路他自己并不赞成，但他说我们还不配到他的路上去。"

傅铜辩护道："罗素认为基尔特社会主义对欧美各国最合乎理，与他劝中国人实行国家社会主义并无冲突；因为欧美与中国情形不同，罗素提出的方案也不同。"

为什么临别赠言与刚来时的论调不一样了呢？中英文化交流会常任理事李丹阳认为，与很多易于非此即彼的中国人不同，具有怀疑特质的罗素不仅怀疑权威，也怀疑自己原有的看法，不断以现实观照理论，修正对社会的认识。他这番话是在华经过近一年的观察和深思熟虑后才讲的。

巧合的是，就在罗素离开中国的当月，中国共产党召开了第一次全国代表大会。

"我愿为中国人竭尽微诚"

7月10日，蹒跚而行的罗素离开了中国。这次中国之行以双方面的失望告终：罗素失望的，是没有为工业文明寻到解药；中国人更失望，因为罗素太难被纳入一个要么激进要么保守的简单模子里了。

相对于中国人要么崇拜、要么质疑的二分法，罗素则公正得多，他并没有因为中国人的不理解和诋毁而失掉同情心和理解力，并始终保持着对中国的热忱。

1922年，罗素对自己的中国之行加以总结，写就了《中国问题》一书，这也使他成了西方最走红的中国问题专家之一。

尤为难得的是，在中国最孱弱的时候，书中就预言中国必将崛起，并且能一跃成为仅次于美国的世界强国。他期待梁启超笔下的"少年中国"，在把强敌扫地出门时，也能留住中华民族特有的"温文尔雅，恭敬有礼之风，率真平和之气"。

这样的判断，并不是无原则的溢美之词。他告诫中国人不可采取的两个极端态度——全盘西化和盲目排外，即使今天，在对待外来文化时也依然适用。而他所批判的中国人的"贪婪、怯懦、冷漠"，不也是相当深刻吗？

"我愿为中国人竭尽微诚。"正是出于这种深切的理解，他呼吁英国当局归还庚子赔款，并将香港和威海卫归还中国；当中国发生省港大罢工和北伐战争时，他激越地为大洋彼岸辩护；抗日战争爆发后，他和杜威等发表公开信，严正谴责日本侵略者的罪行。

"假如早一点善待新中国，世界局势当已好转。"为此，他在朝鲜战争时斥责过美国总司令麦克阿瑟，也曾出面要求联合国恢复中华人民共和国的合法席位。

1962年，中印边界发生冲突，这是当时国际最复杂和敏感的问题之一。

一份2008年解密的档案显示，罗素曾致电周恩来和他的剑桥校友兼老朋友尼赫鲁，敦促双方尽速停火撤军。对于罗素的来信，总理还回了一封长信，详细介绍了中印边界的历史形成问题。

罗素不仅把中国的立场传达了出去，还派助理到边界调停。当时为中国说话的人确实不多，毛泽东、周恩来当即决定请罗素访华，并请何兆武等学者翻译罗素的《西方哲学史》。不过，罗素年事已高，终究因为身体原因没能来。

在错综复杂的历史中，他既激进又保守，让一切简化模式为难。这恐怕，才是罗素，才是真正思想家、真正思想史事件的应有内涵。

维特根斯坦：别告诉别人我是谁

兰川

晚年，这位出身豪门的哲学天才延续了他自愿选择的清贫生活，并在清贫中度过了余生。他留给世界的最后一句话是："告诉他们，我度过了幸福的一生。"可是谁能想象，在这个人幸福的一生中，有过无数个"结束幸福"的念头。

1959 年，翻译家周旭良有了一个重大发现。他发现在英国作家毛姆的小说《刀锋》中，主人公拉里的原型人物是奥地利哲学家维特根斯坦。他为这一发现找了诸多根据，比如，他们都喜欢心理学家威廉·詹姆斯，尤其是他的《心理学原理》；他们都把财产分给了别人，选择自食其力；他们都参加过战争，并且因为战争而改变了自己；他们都不喜欢社交活动；他们一生都在苦苦寻觅安顿自己灵魂的居所……

1944 年，《刀锋》出版时，维特根斯坦还活着。大概是出于这个原因，毛姆在小说开头时说，"书中角色的姓氏全都改过，并且务必写得使人认不出是谁，免得那些还活在世上的人看了不安。"但无论如何形似，二者在精神样貌上存在极大差别。这种差别在读完小说、了解完维特根斯坦其人后，一望即知。

维特根斯坦究竟何许人也？他的一生都经历了些什么？比起了解虚构的小说情节，我们更希望知晓一个活生生的人留在这世界上的印记，何况这个人还是哲学史上不容忽视的一座奇峰。

不同寻常的出身

维特根斯坦，1889 年生于奥地利维也纳的一个犹太家族。这个犹太家族非常特殊，一直致力于淡化自己的犹太血统，甚至从家族成员身上还能嗅出一丝反犹气味，这种气味在维特根斯坦身上表现得尤为明显。他痛苦于自己的犹太血统，一度到了自我憎恨的程度。他把自己的身体比作一个瘤、一种病，说犹太人"像一种有害的细菌，只要有利的环境一招手就四处传播"。

虽然在厌恶犹太人这一点上，维特根斯坦无意中和希特勒站在了一个立场，但他并未和纳粹分子建立起任何亲密关系。在他眼中，纳粹是一群暴徒。维特根斯坦对犹太人的态度使得他一生中的大部分时间内并未因自己出身于犹太家族而有太多不利，只是有人讨厌他时会骂上一句："那个犹太佬！"

与淡化了的犹太气味相反，维特根斯坦家族被浓浓的文化基调所笼罩。门德尔松、勃拉姆斯、马勒等大音乐家和这一家族的成员过从甚密，影响了维特根斯坦的音乐品位，以至于他毕其一生都认为，勃拉姆斯之后的音乐家的作品根本不值得一听，能上得了他的私人音乐家名单的，只有以下六位：海顿、莫扎特、贝多芬、舒伯特、勃拉姆斯、拉博。

犹太人擅于经商的论断至今都十分流行，维特根斯坦家族的存在为证实这一论断提供了强有力的证据。维特根斯坦的曾祖父摩西·迈尔是德国贵族"塞恩—维特根斯坦"的土地经理商，正因为这个原因，在1808年拿破仑下令规定犹太人要有姓氏时，摩西·迈尔才随自己的雇主姓了"维特根斯坦"。换句话说，"维特根斯坦"这个犹太家族早已有之，但这个姓却是从摩西·迈尔开始有的，到了维特根斯坦这里，是第四代。

第三代中，最特立独行的是维特根斯坦的父亲卡尔·维特根斯坦。他从小抗拒权威，抗拒家族为他定制好的古典教育。他的抗拒不只是态度上的，而且落实到了行动。十一岁尝试过离家出走；十七岁写了一篇否定灵魂不朽的作文，被学校开除。后来干脆跑到纽约，做侍应生、沙龙乐师、酒吧服务生，或者各种门类的教师：小提琴、喇叭、数学、德语，一切他能想到的、能做到的。当他再度回到维也纳，这些特立独行为他带来的结果是，不必追随父亲和哥哥从事资产管理，而是被鼓励做自己喜欢的实干性和技术性工作。

于是，卡尔·维特根斯坦去一所技术学校待了一年，其间参加各种见习，后来到了一家波希米亚轧钢厂做绘图员，并以惊人的速度升职，五年后成了总经理。此后十年之间，他几乎称得上是奥匈帝国最精明的工业家，公司和他个人的财富成倍成倍地增长。19世纪最后十年，他已经是整个帝国钢铁工业中的领军人物，是帝国最富有的人之一。

1898年，积累了大量财富的卡尔·维特根斯坦退出生意场，把自己的投资转向了美国证券。十几年之后，人们才发现，卡尔·维特根斯坦这一举动为家族安然度过"一战"后奥地利通货膨胀做出了决定性贡献。退出生意场时，卡尔·维特根斯坦已经是八个孩子的父亲。

长女赫尔米勒和幼子路德维希之间差了十五岁。而路德维希就是后来哲学史上不容忽视的那个为人熟知的天才人物维特根斯坦。

童年时，维特根斯坦不仅没有表现出异乎寻常的天赋，反而是八个孩子中最迟钝的那一个，四岁时才开始说话。而且，和那些抗拒父亲权威的哥哥姐姐不同，维特根斯坦从小就具有和父亲一样的志趣，喜欢技术性强的游戏。比如用各种材料做一个可运转的缝纫机模型，当时他只有十岁。在性情上，他也表现得十分宜人。他以恰如其分的礼貌得到了大人们的赞美和喜爱。而这，与他成人后的行事风格形成了强烈反差。

这种反差并非没有根据，宜人性情的背后是对这种宜人的严重怀疑。八九岁时，维特根斯坦就开始思考这样的问题："撒谎对自己有利的时候，为什么要说实话？"这个问题关乎"真诚"。不难想到，他小时候表现出的宜人性格，在一定程度上是为了取悦他人而"委屈"真实的自己，谈不上"真诚"。

"真诚"二字一直处在维特根斯坦人生字典中最显眼的位置上，在与他后来的老师罗素的通信中，"真诚"

屡屡出现。可以说，这两字构成了他除哲学之外最常思考的命题。维特根斯坦思考的"谎言"和"真诚"问题，不是简单的诸如干了坏事承不承认的问题，而是说一个人是否应当在任何情况下都压倒一切地要求自己必须是真诚的，是否应当真实地做自己。成年后的维特根斯坦对这个问题的解答是，这是个不恰当的提问，因此不能回答。真诚，是康德意义上的绝对律令，不该就此提出疑问。

意识到这一点的维特根斯坦，决心不隐藏"自己之所是"。这也是他从一个"宜人"的人转向真实的人的重要拐点，也是他将来无论在谁面前都能把自己的真实想法一吐为快的根本动机。以至于后来在博士论文答辩时，面对不能理解他的论文的主考官，他毫不客气地拍拍他们的肩膀说："别在意，我知道你们永远不会懂的。"其中有大名鼎鼎的罗素、摩尔。而这二者丝毫不认为这有任何失礼之处，因为维特根斯坦说的是实话。

和罗素的相识与分离

维特根斯坦的父亲卡尔·维特根斯坦不仅给自己的孩子们创造了财富，还制造了一系列灾难。他以强权要求孩子们从事他所规定的事务，毫不考虑他们真正的兴趣所在。在这种家教氛围下，维特根斯坦的三个哥哥都选择了自杀。虽然自杀的具体原因各异，但究其本质，与从小身处的家庭氛围息息相关。维特根斯坦一生中也不时有自杀的冲动，对此，他在日记和给朋友的信中多次提及。但他还是屡屡获得活下来的理由，这些理由有的是机缘，有的是他自己给出的。

最初挽救他生命的是当时极具声望的哲学家、逻辑学家、数学家罗素。他们相遇的时间是 1911 年，维特根斯坦刚二十出头。此时，他正在读航空学专业，一位朋友向他介绍了罗素的一本书，叫《数学原则》。罗素深知这本书就某些数学问题提出了新见解，但还不足以解决根本性问题。于是，在书的结尾处，他写道：

此困难的完全解决会是什么，我尚未成功

地发现；但因其损害了推理的终极基础，我诚
挚地提请每一个逻辑学学生注意对之的研究。

正是这段话给了维特根斯坦在罗素生命中出场的机
会，同时也给了他一个自我拯救和自我发现的机会。

1911 年 10 月 18 日，剑桥大学三一学院，罗素办
公室里，维特根斯坦私自出现了。第一次见面后，罗素
给他当时的情人奥特琳写信说：一个陌生的德国人出
现了。

此后，关于这个陌生德国人的消息不时出现在他给
奥特琳的信中。提及时，罗素的口吻在欣赏和不耐烦之
间来回切换，由此可见他对维特根斯坦的复杂心态。他
起初称他是笨蛋，后来又称他是天才。无论是笨蛋维特
根斯坦还是天才维特根斯坦，他的顽固、执拗、爱争
辩、自以为是等，都被罗素一一记录在案。同时记录在
案的还有：

爱好文学，非常爱好音乐，举止宜人……
而且，我觉得真是聪明……

我开始喜欢他了……

我爱他。

在读了维特根斯坦的一篇手稿后，罗素猛然意识到，维特根斯坦就是他想要的那种爱徒，可以接着他的道路继续探索逻辑问题的那种爱徒。他把他当作一件大事来看待。这种被另眼相看的待遇，在维特根斯坦那里不仅仅是学术上的认可，而且是生命价值的体现，换句话说，罗素给了他活下去的理由。

罗素和维特根斯坦经历了一个很长时间的"蜜月期"。这期间，维特根斯坦课上课下都会找罗素谈论哲学问题，罗素会带他参与到学者们的各种沙龙中开阔眼界。在别人眼中，维特根斯坦早已是罗素当之无愧的接班人，罗素也对此十分确信，只有维特根斯坦似乎未曾这样想过。而罗素决心放弃维特根斯坦这个接班人则要等到他意识到他们在思考维度上存在分歧之后。

一次，维特根斯坦对罗素说，他很欣赏这句话："若一人赢得整个世界却失去自己的灵魂，于他又有何益。"维特根斯坦对这句话的欣赏态度令罗素很惊讶，他一直以为维特根斯坦和自己一样，对灵魂的有无抱有怀疑，没想到他的爱徒的想法竟然和他背道而驰，竟然认为一个人的灵魂比全世界的事业都重要。这种认识上的分歧是罗素和维特根斯坦后来分道扬镳的根本原因。

这个原因后来发酵成了宗教问题和信仰问题。罗素不喜欢基督徒，终其一生对宗教都持批判态度。直到1927年，他还致力于在各地进行反基督教的一系列演讲，因此还诞生了一本小册子，名字就叫《为什么我不是基督徒》。

罗素认为宗教有两种危害：一、宗教让不同信仰之间互生敌意，有损世界和平；二、宗教影响国家教育，有损青年心智发展。对这样的结论，他进行了详细阐释，这些阐释都建基于一个态度：不信。

和罗素相反，维特根斯坦虽然不是基督徒，但他相信世界上存在一个神秘领域，这个神秘领域不可言说，只能默会。因此，在他的语言哲学理论中，最著名的一句话是这样的："能说出的东西能清楚地说出；不能说的东西必须对之保持沉默。"而这也正是他的《逻辑哲学论》一书的全部精髓。至于宗教，维特根斯坦认为其意义在于摆脱烦恼，给人以不在乎会发生什么的勇气。

停留在逻辑问题上的罗素当然不能理解维特根斯坦所说的需要对之保持沉默的神秘领域究竟是什么。在他的头脑中，并不存在沉默和神秘，或者说，罗素的使命就是杀死沉默和神秘，让一切都可以言说可以显现，这才是哲学研究应有的态度。

不过，罗素出于对维特根斯坦的欣赏，在出版《逻辑哲学论》一事上可以说尽心尽力，还为这本书写了序言。这篇序言在维特根斯坦看来，不仅没有言中要害，甚至还曲解了自己的意思，但这篇序言对该书出版起到了决定性作用。对于当时尚不为人所知的维特根斯坦，许多出版社都不愿意花钱印刷他的作品，最终只有一家出版社勉强答应了，前提是，必须保留罗素的序。

在战争中自我救赎

1914 年，第一次世界大战爆发，谁也没有料到维特根斯坦这个潜心研究哲学问题的人竟然会选择作为志愿兵加入奥地利军队。他的确是个爱国者，但让他决心加入军队的，是一个私人理由。

他的姐姐赫尔米勒认为，维特根斯坦是为了让自己经受一点困难的事，做一些和纯智力工作完全不同的事情，这有助于他转变为一个完全不同的人。这一判断没错，维特根斯坦认为直面死亡将会让他更好地改进自己，他走向战场不是为了国家，而是为了自己。也许就像孟德斯鸠说的，"人在苦难中才更像一个人"。或者，还有一种可能，那就是比起自杀，他更愿意选择战死沙场这种体面的死法。

无论如何，他在1914年8月7日，也就是奥地利向俄国宣战的第二天入伍了。他被编入了东线的一个炮兵团，他起初为此感到兴奋，但后来当他意识到自己和那些士兵完全是两类人的时候，便表现出了极度的难以忍受。他断言那些士兵是一伙罪犯，"对任何事都没有热情。难以置信地粗鲁、愚蠢和恶毒"。在维特根斯坦眼中，这些人都是"非人"。

炮火连天，自杀的念头又浮上脑海。唯一让他感到安慰的，是托尔斯泰的《福音书摘要》。这本脱胎于《圣经》的小册子拯救了维特根斯坦的性命。很显然，这个一直被罗素引以为傲的学生开始直接接触信仰了。他不仅成了一个信徒，甚至还成了一个福音传教士。他向每一个深陷痛苦而无法自拔的人极力推荐托尔斯泰的《福音书摘要》，并在后来告诉朋友费克尔，"如果你不熟悉它，那你就不能想象它能在人身上产生什么效果。"

战争中的维特根斯坦一面克服着自杀的念头，一面继续哲学思考。他那本晦涩难懂的《逻辑哲学论》实际上就是在这一时期成型的。他一面记录，一面把记录下来的手稿誊抄后寄给罗素，因为他时刻提防自己命不久矣，这对一个身处战场的人来说再正常不过，何况还是一个时常有自杀念头的士兵。他嘱咐罗素，如果自己不能活着回去，就一定要想办法把手稿原封不动地出版，让自己的思想大白于天下。

研究哲学需要相对安静的环境，但渴望在困难中转变自己的想法又要求他必须站在最危险的地方感受死亡。幸运的是，维特根斯坦渴望的这两件事竟然都实现了。

在对特伦蒂诺山区的英法意军队发起进攻时，他作为观察哨所上站岗的哨兵，一直在敌人黑洞洞的枪炮口下工作，这是他能得到的最危险的岗位。夜里炮击猛烈，他异常紧张，第一次意识到自己对生命的渴求是如此强烈。但他的紧张只留给了自己，在别人眼中，他是一个冷静、沉稳、反应灵敏、勇敢无畏的好兵。因此，进攻结束后，他被授予剑条军事勋章。这一年，已经是1918 年。这也是他人生中经历的最后一次进攻。

随着战争的结束，1918 年夏，《逻辑哲学论》在一所位于萨尔茨堡附近哈莱恩的房子里画下了句号。此后，维特根斯坦和他的友人们开始为该书的出版四处奔波。求理解而不得的痛苦再一次将维特根斯坦推向了自我怀疑。

这本难产的书究竟讲了什么

维特根斯坦这本千辛万苦才找到出版社愿意出版，而出版之后又无人能参透的《逻辑哲学论》究竟讲了什么？这当然不是普通人能说清楚的。但我们可以就其形式和核心内容尝试着做一些理解。

形式上，该书采用十进制编码，将每一段论述串联起来，形成一个结构严谨的思想体系。其独特之处首先表现在作者对哲学本身的看法上。在 4.112 条中，他写道：

> 哲学的目的是从逻辑上澄清思想。哲学不是一门学说，而是一项活动。哲学著作本身从本质上看是由一些解释构成的。哲学的成果不是一些"哲学命题"，而是命题的澄清。可以说，没有哲学，思想就会模糊不清：哲学应该使思想清晰，并且为思想划定明确的界限。

其实，这种哲学观是早期分析哲学致思方向的一个概括。

这种哲学观可以进一步阐释为：

第一，哲学不再以构建理论体系为目标，而是以澄清思想为目的。以往哲学家构建宏大体系之所以最终令人生厌，使哲学裹足不前，就是因为他们没有摆正自己的位置，没有规定好自己的任务。他们研究的大多数命题和问题都是无意义的。因此，维特根斯坦提出"全部哲学都是一种'语言批判'",其目的在于澄清我们的思想。这样,一方面可以把清楚的思想固定下来,另一方面,又可以把那些没有意义的哲学思想同科学思想严格区分开来。

第二,哲学应当采取不同于科学又不同于传统哲学的新方法。这种方法就是逻辑分析方法。

关于逻辑分析方法,首先分析哲学的两位先驱人物弗雷格和罗素,一方面是数理逻辑的创立者,另一方面是将逻辑分析方法成功地应用于哲学领域的典范,维特根斯坦在序言中明确指出,自己从这两位先驱的成果中得到了很大启发。不过,维特根斯坦没有像他们二人那样假定日常语言有逻辑缺陷,相反,他主张:"事实上,我们日常语言中的所有命题,正如它们本来的那样,在逻辑上是完全有条理的。"

借助逻辑分析的手段,揭开语言的伪装,找到隐藏在日常用语背后的真正逻辑形式是维特根斯坦提倡我们要做的。他欣赏罗素的摹状词理论,但不同意后者关于理想语言的构想。他有这样一个坚定的信念:"命题只有一个而且只有一个完全的分析。"从逻辑上对命题进行分析的工作就是哲学的工作。逻辑分析方法在哲学中的应用仅限于澄清问题本身，而不再有构造替代性的理论体系或语言系统的功能。

他说："凡是可以说的东西都可以说得清楚；对于不能讨论的东西必须保持沉默。"他认为的确存在这样一个神秘领域，这个领域也是世界的一部分，但却不可言说，我们所能做的，就是将它交给沉默。这样一个领域的存在自有其价值，它的模糊性恰似人类行走时所需要的摩擦力，是必须要有的。如果一个人执着于用语言对其加以描述，得到的一定是失望，所以维特根斯坦劝我们："不要再痴迷于纯之又纯的先天秩序、绝对清晰的逻辑定义了，回到日常生活这块粗糙的地面上来吧！"

作为小学教师和大学教授

维特根斯坦是个热衷于给自己制造苦难的人。从战场上下来，他有了另一个想法，那就是前往一个位于奥地利南部山区的纯粹的村子里当小学教师。这个决定让他的家人和朋友大跌眼镜。更让他们诧异的是，1919

年9月，经公证人公证，维特根斯坦把自己从父亲那里继承来的全部财产转让给了哥哥保尔和两个姐姐。这一次，他彻底从自己的特权背景中走了出来。他不接受任何人的帮助，尤其是来自亲人的"接济"，甚至在生病的时候都会把姐姐寄来的食物和金钱拒之门外。

一面教书，一面接收来自四面八方的《逻辑哲学论》难以出版的消息，一面与自杀的念头斗争，他所经历的一切都推着他进一步走向对宗教信仰的思考，他把自己的不良状态归结为一个原因："我没有信仰!"

作为教师的维特根斯坦给特拉滕巴赫当地人留下了"怪异"的印象。村民不知从哪里得到消息，说他是个有钱的男爵。村民不理解，这样一个有钱的男爵为什么来这个偏僻贫穷的地方自讨苦吃。不过，他们更关心的是，这位男爵将把他们的孩子引向何处。

他精力充沛，教学方法与众不同。教解剖学的时候，就真的搭起一只猫的骨架；教天文学知识，就带着学生在夜晚凝望夜空；教植物学时，就一起到乡间漫步，识草木之名；教建筑学，就往维也纳的方向走去，沿途辨认各种建筑风格……这些在维特根斯坦看来最应该的教学方法却成了村民指认他怪异的原因。

与他的教学有方相反，他对那些没有天分的孩子表现出了"暴君"的一面。即便是女孩，只要她们在学习上显得愚笨、被动，维特根斯坦就会毫不留情地抓住她们的头发拽来拽去，甚至施以巴掌。这些粗鲁举动让村民们气愤至极，他们不理解为何一个女孩子不可以对数学无动于衷。

这种局面的结束得益于一个契机。一次，维特根斯坦打了一个学生，这个学生当即晕倒在地，维特根斯坦不知如何面对，趁乱跑了。他回到了他"应当"去的维也纳，那里有他的朋友们，虽然也是一群不能理解他的人。

1929 年，维特根斯坦重返剑桥，以《逻辑哲学论》作为论文，通过了由罗素和摩尔主持评审的博士答辩。此后，他留在三一学院教授哲学，并于 1939 年接替摩尔成为哲学教授。

他因自己独有的讲课风格而给学生们留下深刻印象。他讲课没有讲稿，常常讲到中途就停下来作冥思苦想状，甚至干脆坐下来盯着自己的手发呆。他还常在课堂上咒骂自己，"我真是个傻瓜！"

课堂上的维特根斯坦决不给出任何哲学理论，而是给出豁免于理论所需的方法。他提醒学生注意语言的边界，"我们不达到事物的地步，而是触到一个我们不能再前进的地方，一个我们不能再提问的地方"。

在剑桥教书的日子里，维特根斯坦重新梳理了他的哲学工作。他认为，哲学家的使命不是像科学家那样建造一栋房子，而仅仅是"收拾屋子"。哲学的谜题不是用来回答的，而是用来消解的。如果继续用科学的研究方法对待哲学，不仅是对科学的滥用，也终将在哲学中迷失。他感觉自己身处文化衰落的时代，哲学家头顶的光环正在消失。

但就他个人而言，依旧步履不停。他走上了否定《逻辑哲学论》的道路，这意味着思想的一次重要更新。他明确告诉正在张罗以新的方式出版这本书的好友石里克：这本书里有"非常、非常多的我现在不同意的陈述！"尤其是对"基本命题"和"对象"的谈论。从这种否定中，维特根斯坦酝酿出了后期在语言哲学上的重要主张，即"语言游戏"："语言游戏是孩子开始使用词语时的语言形式。研究语言游戏，就是研究语言的原初形式或原初语言。"

很显然，维特根斯坦对语言的思考已经从"基本命题"和"对象"的纯理论方向转到了语言实践上。这种转向为人们避开了这样一种哲学困惑，即丢开语言在生活之流中的处境，孤立地考虑语言。

虽然在语言哲学方面的主张发生了变化，但落实在纸上的时候，维特根斯坦快速运转的头脑总会让每一个业已形成的表述难免于被推倒重来的命运。这是他的一贯做法。他先把论述写进小笔记本，然后挑出最好的，写进大笔记本，接着做进一步挑选，向记录员口述，得到打字稿之后，他会重新排列，然后，整个过程再来一遍。

这一操作持续了二十年，但最终仍旧没有达到维特根斯坦想要的结果。他去世后，为他整理遗稿的人发现，只要经过恰当的排列组合，这些遗稿可以形成不同的几本书，但没有一本是彻底完成了的。

就在朝着自己的哲学新主张进发的同时，他又有了彻底放弃学术生活的念头。他希望和自己的得意门生兼好友斯金纳前往俄国，做一份体力活。他对托尔斯泰的道德教诲和陀思妥耶夫斯基的精神洞见充满向往，但这时的俄国，严格来讲是苏联，能给他提供的是马克思主义。

那是 1935 年夏天，马克思主义在剑桥风起云涌，不少老师和学生带着朝圣的心情希望到苏联开开眼界。然而，维特根斯坦在苏联待了没多久就回到了剑桥，对于自己在苏联的见闻，他一直讳莫如深。

1936 年 8 月，他去了挪威。在那里，他一面思考上帝，一面继续自己在哲学方面的思考。这一时期形成的稿件大致构成了最终出版的《哲学研究》的前四分之一。有趣的是，这部书引用了奥古斯丁《忏悔录》中的话，这说明维特根斯坦对《忏悔录》十分推崇，更准确地说，是对"忏悔"十分推崇。

他一生都在防范自己的不得体，也就是骄傲。他曾这样自我警戒："必须拆毁你的骄傲之殿。而那是困难得可怕的工作。"他要做得体的人，写得体的哲学，所以他说"如果有人因为那太痛苦、不愿降入自身之中，写作时就脱不了肤浅"。

他谨防自己在灵魂深处犯下罪，这种谨防在他八九岁时提出那个关于说谎的问题之后，就一直没有停止过。也正是出于这个原因，才使得他最终走上了不同于罗素的思考路径。对他而言，哲学不是要说清楚什么，恰恰是要明白什么事情不能言说。妨碍一个人进行哲学思考的，不是他的智识，而是他的骄傲。

这一时期，可以称之为维特根斯坦的"集中忏悔期"。他不时给朋友去信，在信中如实交代自己犯下的罪，或者约他们当面聆听他的忏悔。然而，朋友们给的反馈却是，那些所谓罪行不过是些疏漏，远远够不上"罪"。

不过，其中确实有一桩值得忏悔的罪过，发生在维特根斯坦做小学教师期间。他被村民起诉，罪名是施暴，也就是在教学过程中对学生实施暴力。在法庭上，维特根斯坦撒了谎。为此，他一直心怀内疚。于是，在"集中忏悔期"，他出现在奥特塔尔村民们的门阶上，向自己曾经伤害过的几个孩子当面道歉。大部分孩子和家长十分大度，只有一个女孩的回应表现出了某种轻蔑。

此后的人生中，忏悔、赎罪、灵魂、信仰等字眼依然是维特根斯坦逃不开的主题，他认为自己要想从罪中得救，光有智慧是不够的，他需要的是信仰，是上帝的爱。

政治风波及风波之后

维特根斯坦真正因为自己的犹太血统而遇到麻烦是在 1938 年。这一年，希特勒开始着手落实他对奥地利的政策。3 月 11 日，他宣布奥地利是纳粹统治下的独立邦国。可是转天，也就是 3 月 12 日，奥地利就被宣布是纳粹德国的一部分。这一转变，对维特根斯坦家族而言意味深长，因为他们将不得不承认自己是德国人。他们也猛然意识到了作为德国人却拥有犹太血统又意味着什么。

3 月 14 日，希特勒在维也纳举行胜利游行的这一天，维特根斯坦的好友斯拉法写信给他，详细告知如何面对接下来的处境。斯拉法认为，维特根斯坦目前最好的选择是离开奥地利，回到英格兰，拿到英国国籍，确保无忧。这是生死攸关的时刻，斯拉法强调：千万不能去维也纳。维特根斯坦按照斯拉法说的做了。

为了获得英国国籍，维特根斯坦不得不说服自己回到剑桥大学，承担某个学术职位。无论他多么讨厌剑桥的教师生活，毕竟比起做个德国犹太人，在剑桥教书的处境会稍好一些。1939 年 6 月 2 日，他获得了英国护照，紧接着以剑桥大学哲学教授的身份成为英国公民。

在为自己谋求出路的同时，他忧心着自己的亲人如何应对这样的政治突变。

这一时期的维特根斯坦家族极力撇清自己的犹太血统，比以往更甚。他们为纳粹党人提供各种可供证明自己"非犹太血统"的证据，为的就是免于被关到集中营。强大的经济实力和政治人脉为维特根斯坦家族赢得了喘息之机：大笔家族财富从瑞士转到德国国家银行，"家谱研究部"最终开出证明，说维特根斯坦家族的人要么是德国血统，要么是犹太混血，而不是什么犹太人。此时已经是 1939 年 8 月。

风波过后，维特根斯坦眼前要面对的是在剑桥的教师生涯。在此期间，他开始对科学偶像化现象作出反思，他认为，科学偶像化是文化衰落的重要表征，甚至是助因之一。以此为立场，他收获了大批"敌人"。其中最著名的，当属20世纪最伟大的数学家阿兰·图灵。

维特根斯坦对科学的反思逐渐扩大到对理论本身的反思，在与一位朋友就"哲学的意义"展开讨论时，他表达了这样的看法：如果哲学只是看似有理地讨论深奥的逻辑问题，而没有改进一个人对日常生活的思考，那么哲学就没有意义。

大概是知音难觅，剑桥的气氛让维特根斯坦有种窒息感，他急切地想要逃离。机会来的时候是1941年9月。他通过牛津哲学家吉尔伯特·赖尔的弟弟约翰·赖尔得到了一份工作——在盖斯医院做药房勤务工，主要负责把药品从药房分发给病房的病人们。不久后，他被调到制造实验室当制药技师。当时的一个职员称，维特根斯坦做出来的拉萨尔软膏好得前所未见。

在剑桥之外，他依旧没有停止思考，尤其是关于《哲学研究》这本写了多年却仍未完成的书。最终，这本书在1945年有了基本样貌。这一年也是"二战"结束的一年，战争中技术的使用让维特根斯坦更加坚信：人类正在奔向灾难——机械杀人已成常态，技术封神指日可待。上帝死了，取而代之的是对科学进步的无底线信任。这一切都把人拉向生活尽头，可悲的是，人们还以为那才是理想的应许之地。

与时代潮流相反，维特根斯坦始终以宗教的眼光看待生活中的每一个问题。一位名叫摩根的牧师曾经问维特根斯坦是否信仰上帝，他回答说："是的我信，但在你信仰的东西和我信仰的东西之间的差异也许是无限的。"维特根斯坦不是基督教徒，也不是天主教徒，他所说的信仰上帝是另外一种意义上的，即以宗教态度对待生活。

"告诉他们，我度过了幸福的一生"

维特根斯坦生前出版的著作不多，包括一篇书评、一本儿童辞典、一本 75 页的《逻辑哲学论》。他最主要的思想都集中在《逻辑哲学论》里。

维特根斯坦对自己的思想主张充满自信，同时又因为知音难觅而陷入自我怀疑。当他开口论证自己的观点时可以滔滔不绝，但当他一个人陷入沉思的时候，自我否定就像魔鬼一样不时找上门来。这样一个天才人物饱受精神折磨，他最终没有和哥哥们一样选择自尽，而是以坚强的心灵走过了完整的一生。

1951 年 4 月 29 日，身患前列腺癌的维特根斯坦在好友比万医生家中与世长辞，享年六十二岁。他的一生被罗素称为"天才人物的最完美范例"，富有激情、深刻、炽热并且有统治力。

无论是他的哲学观点，还是他个人的生活经历，都让当时和后世的人惊愕不已。他写了一本没人能读懂的书，他做了很多没人能理解的选择，而这些，让他成为他自己。对这样的一个自己，他有时会羞于承认，当他离开剑桥大学的讲台跑去盖斯医院做勤务工的时候，有人问他："请问您是哲学家维特根斯坦吗？"他脸色刷白，冷冷地回了一句："别告诉别人我是谁。"

晚年，这位出身豪门的哲学天才延续了他自愿选择的清贫生活，并在清贫中度过了余生。他留给世界的最后一句话是："告诉他们，我度过了幸福的一生。"可是谁能想象，在这个人幸福的一生中，有过无数个"结束幸福"的念头。

毫无疑问，维特根斯坦是个天才。天才的意思是，他在学术上具有别人没有的洞见，他把天之所赋的才能发挥得淋漓尽致，他是一个灵敏的猎手，把每一个灵感闪现的瞬间都捕捉到了自己手中。这样的天才人物在整个人类历史上都屈指可数。

最令人钦佩的是，他一步步从自己原有的优渥家庭中走出，放弃名利，一心扑在哲学思考上。而当哲学思考把他引向逼仄的小路上时，他又能以做体力活的方式让自己暂时放下头脑中的沉重负担。

他为了灵魂的救赎，甘愿冒险参战，在战争中感受人生的巨大苦难，从苦难中爬起，像个顶天立地的人一样站起来。他是一个令人惊异的人，一个真正的强者，一个主动选择人生道路并能为自己的选择承担起后果的真正的自由人。他留给世人的，远不止晦涩难懂的哲学主张，更多的是取之不尽的精神滋养。对这样一个人，我们当永远心存敬意，他度过了属于自己的虔诚的宗教性的一生。

图书在版编目（CIP）数据

语之可. 17，我是人间惆怅客 /《作家文摘》报社
主编 . -- 北京：作家出版社，2021.1
ISBN 978 - 7 - 5212 - 1230 - 3

Ⅰ. ①语… Ⅱ. ①作… Ⅲ. ①散文集 – 中国 – 当
代 Ⅳ. ①I267

中国版本图书馆 CIP 数据核字（2020）第 255488 号

我是人间惆怅客

主　　编：《作家文摘》报社
责任编辑：姬小琴
特约编辑：魏　蔚　裴　岚
装帧设计：于文妍
出版发行：作家出版社有限公司
社　　址：北京农展馆南里 10 号　　邮　　编：100125
电话传真：86 - 10 - 65067186（发行中心及邮购部）
　　　　　 86 - 10 - 65004079（总编室）
E – mail: zuojia@zuojia. net. cn
http: // www. zuojiachubanshe. com
印　　刷：中煤（北京）印务有限公司
成品尺寸：120 × 190
字　　数：114 千
印　　张：7.625　　　插页：16
版　　次：2021 年 1 月第 1 版
印　　次：2021 年 1 月第 1 次印刷
ISBN 978 - 7 - 5212 - 1230 - 3
定　　价：45.00 元

以文艺美浸润身心
用思想力澄明未来

　　隶属于中国作家协会的《作家文摘》报是一份以文史见长、兼顾时政的著名文化传媒品牌，内容涵盖历史真相揭秘、政治人物兴衰、名家妙笔精选、焦点事件深析，博采精选，求真深度，具有鲜明的办报特色。

　　依托《作家文摘》的语可书坊主打纯粹高格的纸质阅读产品，志在发现、推广那些意蕴醇厚、文笔隽秀的性灵之作，触探时代的纵深与人性的幽微。

　　由于时间仓促及其他原因，编者未能与本书所收个别作品的作者取得联系，请作者及时与编者联系，支取为您预留的稿酬与样书。谢谢！

　　联系地址及联系人：100125 北京朝阳区农展馆南里 10 号《作家文摘》报社转《语之可》编委会

作家文摘
公众号

作家文摘
头条号

語可書坊

投稿邮箱：yukeshufang@163.com

语之可